제리엠 게임판타지 장편소설
WISHBOOKS GAME FANTASY STORY
힐통령
태양의 사제

제리엠 게임판타지 장편소설

초판 1쇄 찍은 날 | 2018년 10월 10일
초판 1쇄 펴낸 날 | 2018년 10월 17일

지은이 | 제리엠
펴낸이 | 예경원

기획 | 위시북스
편집책임 | 이규재
편집 | 위시북스

펴낸곳 | 예원북스
등록번호 | 제396-2012-000132호
등록일자 | 2012. 7. 25
KFN | 제1-313호

주소 | 경기도 고양시 일산동구 호수로 646-24 위너스21II빌딩 206A호 (우)10401
전화 | 031-819-9431 팩스 | 031-817-9432
E-mail | yewonbooks@naver.com

ISBN 979-11-89450-76-2 04810
979-11-89450-74-8 (set)

※ 이 도서의 국립중앙도서관 출판시도서목록(CIP)은 서지정보유통지원시스템 홈페이지(http://seoji.go.kr)와 국가자료공동목록시스템(http://www.nl.go.kr/kolisnet)에서 이용하실 수 있습니다.

제리엠 게임판타지 장편소설
WISHBOOKS GAME FANTASY STORY
힐통령
2
태양의 사제
Wish Books

힐통령
태양의 사제

CONTENTS

10장
여명의 검술관

"사흘 정도 후에 오시면 포션이 모두 완성되어 있을 겁니다."

"예, 그럼 그때 오겠습니다."

재봉사에게 웜 리자드의 가죽을 맡기고, 마탑에 들러 포션의 제작까지 의뢰한 카이는 다시 거리로 나왔다.

"그럼 이제 적당한 검술관을 찾으면 되겠지."

조만간 솔리드가 만들어줄 검을 위해서라도 쓸 만한 검술이 절실한 참이었다. 사제인 그가 전사의 탑에서 전사의 스킬을 배울 수는 없는 법이니, 검술관을 알아보는 방법밖에 없었다.

카이는 곧장 글렌데일에서 운영 중인 검술관 목록을 조사했다.

"헤르센 검술관, 알포드 검술관, 그리고…… 여명의 검술관?"

검술관이란 말 그대로 돈을 내고 검을 배우는 곳을 의미했다. 보통은 10레벨 이전에 검을 배우러 많이 다니는 곳인데, 사제인 카이와는 여태 인연이 없던 곳이다.

'후, 50레벨도 넘은 내가 검술관에서 검을 배우게 될 줄이야.'

하지만 앞으로를 위한 투자다. 사실 공격 스킬이 홀리 익스플로전밖에 없어서 불안하기도 했다.

붉은 노을 길드와의 PVP 때만 해도 놀 언데드가 10마리나 소환되지 않았다면 제법 위험했을 것이다. 그런 순간을 대비하기 위해서라도 본신의 무력을 높일 필요가 있었다.

'일단 입관비를 비교해 보고 어디서 배울지 정하자.'

아무 생각 없이 주변 검술관의 가격을 찾아보던 카이의 눈이 튀어나올 것처럼 커졌다.

[헤르센 검술관-입관비 15골드.]

[알포드 검술관-입관비 12골드.]

[여명의 검술관-입관비 5골드 이하. 자세한 가격은 상담 후 결정.]

"뭐, 뭐가 이렇게 비싸?"

생각보다 훨씬 높은 가격에 놀란 카이가 저도 모르게 비명을 질렀다.

'검술 스킬을 배우는 데 이렇게 돈이 많이 들었나?'

물론 검술관마다 가르쳐 주는 스킬이 다르다는 것 정도는 알고 있었다. 아마 헤르센 검술관에서 가르쳐 주는 검술이 가장 등급이 높을 것이 분명했다.

'하지만 그렇다고 해도…… 보조용으로 쓸 무기술에 10골드 이상은 너무 사치야.'

카이의 눈이 결국 하나 남은 선택지로 향했다.

다른 검술관에 비하면 터무니없이 낮은 가격, 그러다 보니 솔직히 말해서 별다른 기대감조차 들지 않았다.

'싼 게 비지떡이니까.'

천 원 슈퍼에서 구매한 이어폰을 두 시간 만에 고장 내고 땅을 치면서 후회했던 카이는 그때 물건의 가격이 품질을 따라간다는 것을 배웠다.

'끄응, 그래도 가격 상담 정도는 한번 해봐야겠어.'

한숨을 푹 내쉰 카이가 터덜터덜, 힘없는 발걸음을 옮겼다.

카이는 뚱한 표정으로 눈앞의 건물을 쳐다봤다.

"아니, 아니지…… 이건 건물이 아니지."

건물이란 무엇인가. 사람이 들어 살거나, 일을 하거나, 혹은 물건이라도 넣어두는 장소를 이르는 말이다.

'이런 곳에는 사람이 살 수도 없고, 일을 할 수도 없어. 하다 못해 물건의 안전도 보장 못 하게 생겼는데……?'

다 쓰러져 가는 폐가.

문이라고 부르기도 어색한 폐가의 앞면 상단에는 '여명의 검술관'이라는 간판 하나만이 멀쩡하게 붙어 있었다.

삐그덕.

"아."

정정한다. 유일하게 멀쩡하던 간판조차 나사가 풀렸는지 기울어졌다.

이쯤 되자 카이는 심각하게 고민할 수밖에 없었다.

'진짜 여기서 배워야 하나?'

돌아가야 할지 말지를 고민하던 와중에, 폐가의 문이 벌컥 열렸다.

"에잉, 이건 또 왜 떨어져?"

문을 열고 나온 것은 꼬장꼬장하게 생긴 노인이었다.

"응?"

검술관 앞에 서 있는 카이를 발견한 노인은 귀찮은 눈빛으로 카이의 전신을 훑었다.

"잠깐, 이 기운은……?"

안색이 뒤바뀐 노인이 순식간에 다가와 카이의 손을 붙잡았다.

"왜, 왜 이러세요."

"가만히 있어 봐."

손가락으로 카이의 손목의 동맥을 짚던 노인이 감탄사를 터뜨렸다.

"드디어 기다리던 인재가 왔구나!"

"예?"

"들어오게. 내 이름은 후이라고 하네. 검술을 가르쳐 주지."

"아니요. 검을 배우는 건 잠시 생각을 좀 해보고……."

"뭐? 생각을 왜 해!"

노인이 버럭 소리를 질렀다. 이에 카이가 찔끔한 표정을 짓자, 노인은 자신의 실수를 알아채고 부드러운 표정을 지으며 카이의 손등을 어루만졌다.

"허허, 미안하군. 하지만 자네가 뭘 몰라서 그러나 본데, 이곳은 광휘의 패트릭 님께서 자신의 유산을 물려주기 위해 세우신 유서 깊은 검술관이야. 만약 자네가 패트릭 님의 시험을 통과할 수만 있다면, 그분의 막대한 유산을 물려받을 수 있겠지."

"광휘의 패트릭이요? 그 사람은 분명……."

카이는 분터 촌장에게 들었던 이야기를 떠올렸다.

그는 태양교의 전설적인 성기사로 회자되는 인물이라고 했다.

카이의 눈이 반짝거렸다.

'이 노인의 말이 사실일까? 그럼 이건 대박 중에서도 대박인데…… 그런데 왜 아직 이런 사실이 알려지지 않았지?'

글렌데일은 제법 큰 도시이다. 주변의 몬스터들도 레벨이 다양하여 이곳에서 시작을 하는 유저들도 제법 많은 편이었다.

'뭔가 좀 수상…….'

카이가 미심쩍은 표정을 짓고 있자, 지나가는 아낙네들이 길 건너편에서 소리쳤다.

"어머, 저 영감님 또 사기 치시네. 그게 벌써 수백 년 전이잖아."

"저 할아버지는 검술관 기웃거리는 사람마다 붙잡고 기다리던 인재라 그러네. 웃겨 정말."

"거기 총각, 차라리 동쪽 성벽 근처의 헤르센 검술관으로 가요. 우리 애도 거기서 배워!"

"그쪽 관장은 몸도 좋고 잘생겼거든. 호호호."

"여명의 검술관에서 패트릭 님의 유산인지 뭔지를 얻은 사람은 수백 년 동안 한 명도 없어!"

"크험험!"

노인이 아낙네들을 쏘아보자, 그녀들은 후다닥 자리를 벗어났다.

"흠흠, 저런 근거 없는 모함들은 무시하고…… 입관하게. 좋은 가격에 가르쳐 주지."

"으으음……."

미드 온라인에는 셀 수도 없이 많은 검술관이 있었다.

당연히 각 검술관마다 추구하는 검은 달랐고, 가르쳐 주는 검술 스킬 또한 달랐다. 한마디로 어디서 무엇을 배울지는 오롯이 플레이어 본인의 선택이다.

'수백 년 동안 유산을 이은 사람이 없다는 건…… 아직 뭔가가 숨겨져 있다는 소리이기는 한데.'

잠시 고민을 하던 카이가 결국 결정을 내렸다.

'좋아, 어차피 이곳의 입관비가 가장 저렴했으니까, 속는 셈 치고 다녀보자.'

카이는 곧장 노인의 손을 마주 잡았다.

"그렇게까지 말씀을 하시니, 한번 배워보겠습니다. 제가 특별히 배워드리는 겁니다."

"그렇지, 잘 선택했네!"

두 팔을 번쩍 들어 올리며 환한 미소를 지은 노인이 손바닥을 내밀었다.

"자네의 성의를 봐서 많이 받지는 않겠네. 일주일 강습료로 4골드. 선불이야."

"혹시 그 일주일이 7일로 이루어진 일주일 맞나요?"

"자네 고향에는 30일로 이루어진 일주일도 있나?

"……."

있을 리가 있나.

카이의 몸이 부들부들 떨렸다.

설마 5골드라고 적혀 있던 게 한 달이 아니라 일주일 치 비용이었을 줄이야.

"아, 아까 제 성의를 봐서 많이 받지 않으신다고……."

"원래는 5골드일세. 할인해서 4골드에 해주는 게야."

"……."

결국 한숨을 푹 내쉰 카이는 인벤토리에서 골드를 꺼내 그에게 건넸다.

'뭐, 그래도 다른 검술관보다는 훨씬 더 싸니까.'

돈을 챙긴 후이는 미소를 지으며 말했다.

"따라와라."

"네……."

카이는 기회가 되면 꼭 협상 스킬을 배우리라 다짐했다.

미드 온라인에서 제대로 된 스킬을 배우는 방법은 크게 세 가지가 있다.

첫 번째는 각 클래스 타워에서 기본 스킬을 배우는 것이다.

'배우는 스킬들의 위력은 평범하지만, 값이 싼 데다 쉽고 빠르게 배울 수 있지.'

게다가 10레벨 간격으로 상위 스킬도 해제되니, 대부분의 모험가들은 이렇게 스킬을 배운다.

다만, 다른 직업의 클래스 타워에는 입장할 수 없었다. 이것이 카이가 쉬운 길을 놔두고 검술관을 찾는 이유였다.

'그리고 두 번째 방법이 스킬 북을 이용해 스킬을 터득하는 방법.'

스킬 북은 던전의 보스나 레이드 몬스터를 처치할 경우 랜덤하게 드랍되는데, 일반적인 방법으로는 배울 수 없는 희귀하고 강력한 스킬을 책만 펼치면 누구나 배울 수 있다는 것이 장점이었다.

하지만 수요에 비해 공급이 너무 적어서 가격대가 너무 높았다.

"후우, 후우…… 그리고 마지막 방법이……."

이를 꽉 깨문 카이가 겨우 중얼거렸다.

NPC에게 직접 스킬을 전수 받는 것.

그것이 바로 마지막 방법이었다.

'이렇게 배우는 스킬의 위력은 일반적으로 클래스 타워에서 배우는 것들보다 좋고, 가격도 스킬 북에 비하면 무척 싼 터라 플레이어들이 자주 애용하는 방법…… 이라고 들었어.'

다만, 이 방법은 치명적인 단점 한 가지를 동반했다.

"아직 멀었다. 해 떨어지기 전에 끝내라."

"끄으으윽……."

잘 익은 홍시처럼 붉게 물든 카이의 얼굴은 금방이라도 터질 것처럼 부들거렸다. 그 모습을 보고 있던 노인이 한심하다는 어투로 그를 나무랐다.

"거, 사내놈이 팔굽혀펴기 1,000개를 못해서 그 모양이라니, 기가 차서 말이 안 나오는구나."

바로 힘들다는 것.

그것이 유일한 단점이자, 수많은 플레이어가 이 방법을 기피하게 만든 이유였다.

'크윽…… 다른 검술관들은 방법이 굉장히 체계적이라고 들었는데?'

하지만 이곳에 존재하는 체계는 딱 하나뿐이었다.

바로 관주의 말이 법이라는 것.

'끄응.'

사실 처음 검술관에 들어왔을 때는 깨끗하고 넓은 대청에 그럭저럭 만족하기도 했다.

'여기서 한번 제대로 배워보자.'

그렇게 마음을 먹으려던 찰나.

"우선 팔굽혀펴기 1,000번, 그것부터 해봐라."

후이의 첫 번째 가르침이 시작되었다.

그로부터 벌써 세 시간.

카이는 다른 일은 아무것도 하지 못하고 팔굽혀펴기만 하는 중이었다. 물론 처음 그 말을 들었을 때는 심각하게 받아들이지 않았다.

'선행 스탯 덕분에 힘 스탯도 제법 높고, 여차하면 태양의 사제 버프를 쓰면 되니까. 생각보다 쉽네.'

아주, 아주 커다란 착각이었다.

띠링!

[여명의 검술관에서 수련을 시작합니다.]

[수련을 하는 동안 모든 스탯이 10으로 고정됩니다.]

[수련을 하는 동안 모든 스킬의 사용이 금지됩니다.]

힘 10이면 현실에서 성인 남성이 지닌 평균적인 근력 수치다. 그 힘으로 팔굽혀펴기 천 번이라면?

'망했네.'

카이는 뭔가가 단단히 잘못되었다는 표정을 지었다. 아무리 게임 안이라지만, 뇌가 느끼는 운동의 고통은 현실과 다를 바 없었다,

평소라면 이 놀라운 기술력에 박수를 쳤을 테지만, 지금은

개발자들 뺨이라도 때리고 싶은 기분이었다.

'처음 100개까지는 정말 할 만했는데…….'

하지만 300개가 넘자 입에서 노린내가 났고, 500개가 지나가자 팔에 감각이 사라졌다.

700개에 다다른 지금에서는 아예 몇 분에 하나꼴로 겨우 팔굽혀펴기를 하는 상황.

그 와중에 머리는 빙글빙글 돌면서 구토감이 치솟았다.

"쯧쯧……."

후이는 지난 세 시간 동안 가르침이나 응원은커녕, 혀만 차며 카이를 조롱했다.

"내가 네 나이일 때는 하루에 3,000개씩 했다."

"어떻게 남자 놈이 팔굽혀펴기 1,000개도 못 하느냐."

"달려 있냐?"

무시와 조롱이 이어졌지만, 입을 앙다문 카이는 행동으로 대답을 대신했다.

'으드득…… 기필코 해낸다.'

예전부터 그랬다. 카이는 눈앞의 부당함이 아무리 클지라도, 그에 맞섰다. 누군가는 그런 성향을 고집, 혹은 독기나 투기라고 불렀다. 카이에겐 어려서부터 그런 것이 있었다.

그런 성향은 지금 이 순간에도 뚜렷하게 드러났다.

"팔…… 백…… 팔십…… 사……."

만약 이것이 현실이었다면 정신력만으로 팔굽혀펴기를 이렇게 오래 할 수는 없었으리라. 근육이 찢어지고, 손상되어 손가락 하나 까딱할 수 없을 테니까.

하지만 고통이 아무리 현실 같아도 이것은 게임, 실제 육체에 손상이 갈 리가 없었다. 아무리 고통스러워도 그건 모두 머릿속에서 일어나는 착각에 가까웠다.

아주 코를 납작하게 만들어주겠어.

결국 의지의 한국인인 카이는 네 시간 만에 팔굽혀펴기 1,000개를 모두 끝마칠 수 있었다.

"끄, 끝났다……."

카이는 금방이라도 풀릴 것 같은 눈빛으로 후이를 올려다봤다. 그의 반항적인 눈빛을 마주한 후이는 저도 모르게 웃으며 물었다.

"어디 눈을 그렇게 뜨느냐."

쿵.

카이는 그 말을 듣지 못한 채 그대로 정신을 잃고 쓰러졌다.

강제 로그아웃을 당한 카이가 있던 자리를 바라보던 후이는 코끝을 씰룩였다.

"흐음, 근성은 그럭저럭…… 합격인가."

그의 눈동자에 묘한 기대감이 어리기 시작했다.

[심각한 기절 상태에 빠졌습니다. 8시간 후 재접속해 주십시오.]

"아, 튕겼네."

아무래도 캡슐에 뇌파가 불안정하다고 인식된 모양이다.

모든 것을 새하얗게 불태운 한정우가 멍한 표정으로 중얼거렸다.

"하긴, 몸이 이 모양인데 게임을 계속할 수도 없지."

손 하나도 까딱하기 싫은 게으름뱅이가 된 기분이다.

꼬르륵.

하지만 배꼽 녀석은 제 주인의 마음도 모르고 밥 달라고 아우성이다.

결국 몸을 일으킨 한정우가 방을 나서자, 잡지를 보던 엄마가 그를 슬쩍 쳐다보며 말했다.

"어머, 학교도 안 다니고 게임만 하는 백수 아드님이 왜 저리 피곤해 보인담?"

"으으……."

안 그래도 피곤하던 차에 정신적인 공격까지 받자 한정우가 몸서리를 쳤다.

"안 그래도 지금 힘들어요."

"왜?"

"오늘부터 뭐 좀 배운다고 바빠서."

"응?"

하지만 그 말에 귀를 쫑긋거린 김현정은 충격적인 소식이라도 들은 것마냥 잡지를 내려놓았다.

그녀는 눈을 크게 뜬 채 부드러운 목소리로 물었다.

"아, 아들. 다시 공부 시작하려고? 방에서 강의라도 듣는 거야?"

"강의?"

잠시 생각하던 정우가 고개를 끄덕였다.

"네, 뭐. 오늘부터요."

물론 검술 강의지만, 강의는 강의니까.

그 한마디에 김현정의 얼굴이 크게 밝아졌다.

그녀는 한달음에 달려와, 아들의 어깨 위에 묻은 먼지를 톡톡 털어주며 말했다.

"아유, 미리 말을 하지 그랬니. 그랬으면 엄마가 용돈도 주고, 맛있는 것도 해줬을 텐데."

"에이, 이게 뭐 대수라고 말까지 해요."

"호호. 얘도 참."

김현정이 뿌듯한 표정으로 자신의 백수…… 아니, 아들을 바라봤다.

'우리 정우가 드디어 방구석 폐인 짓을 그만두려나 보구나!'

그렇다면 엄마가 된 입장에서 가만히 있을 수가 없었다.

그녀가 곧장 소매를 걷어붙였다.

"아들, 뭐 먹고 싶은 거 있어? 엄마가 간만에 실력 발휘 좀 하게."

"어머니 음식 못하시잖아요? 발휘할 실력이 없는데 무슨……."

말을 잇던 한정우는 엄마의 시퍼런 눈빛을 마주하고는 꼬리를 말았다.

"아, 안 그래도 요즘 어머니의 손맛이 담긴 음식이 먹고 싶었는데. 어깨가 쑤시고 목이 잘 안 돌아갈 때는 뭐가 좋죠?"

"그럼 보양식이지. 삼계탕? 아니면 장어 덮밥?"

"으으음…… 잠깐 고민 좀."

"얼마든지 하렴."

요리 준비를 하던 김현정은 다시 생각해도 아들이 기특한지 호호 웃으며 물었다.

"그나저나 갑자기 뭘 배운다는 거야? 자격증 시험? 아니면 토익?"

그녀의 질문에 한정우가 생각 없이 말을 내뱉었다.

"여명의 검술관이라고 있는데, 거기서 검술 스킬 좀 배우게요."

"……."

막 칼을 꺼내던 김현정의 눈빛이 차가워졌다.

"여명…… 뭐?"

"여명의 검술관."

"서울에 있는 학원 맞니?"

"라시온 왕국 글렌데일에 있죠."

고개를 갸웃거리며 대꾸하던 한정우가 배시시 웃으며 말을 이었다.

"아, 그리고 장어 덮밥 먹고 싶어."

"장어 덮밥?"

그 목소리에 살기가 섞여 있다는 것을 깨달은 한정우가 눈동자를 데굴데굴 굴렸다.

"어휴, 그럼 그렇지…."

고개를 절레절레 흔든 어머니는 다시 거실로 돌아가버렸다.

꼬르륵.

결국 혼자 라면을 끓여먹은 정우는, 가자미 눈으로 자신을 노려보는 어머니를 뒤로한 채 방으로 도망쳤다.

'꼭 효도할게요.'

그녀가 알 리 없는 마음을 품은 채로.

"흐음."

방에 돌아온 정우는 곧장 컴퓨터를 켰다.

'여명의 검술관. 여기서 검술을 배운 사람이 있기는 한가?'

그것을 조사해볼 요량이었다.

"오오, 생각보다 게시글이 많은데? 41개나 있어."

다행히 아무도 다니지 않은 이상한 검술관은 아닌 모양.

걱정을 한시름 덜어낸 한정우는 게시글들의 제목을 천천히 훑었다.

[제목 : 여명의 검술관? 듣도 보도 못한 잡 검술관인데 관장 자존심은 하늘을 찌름.]

[제목 : 글렌데일의 여명의 검술관. 절대 가지 마세요.]

[제목 : 여명의 검술관이 아니라 염병의 검술관임.]

[제목 : 여명의 검술관에서 일주일 수련 솔직 후기.]

"……."

스멀스멀, 겨우 덜어낸 걱정이 다시 몰려오는 기분!

한정우는 떨리는 손가락으로 마우스를 움직였다.

딸깍.

[제목 : 여명의 검술관에서 일주일 수련 솔직 후기]

[내용 : 응, 쓰레기 검술관. 5골드 내고 기본 검술 배움 수고링.]

충격적인 내용의 게시글. 혹시나 해서 아래에 달린 댓글까지 하나하나 읽어보았지만, 긍정적인 내용은 하나도 없었다.

└실화.

└100% 실화. 겁나 허름해서 무슨 히든 검술이라도 가르쳐 주는 곳인 줄ㅋ 다시 한번 말하지만 쓰레기.

└어라, 저도 여기 다녀봤는데…… 일주일 버티신 게 용하네요. 전 사흘 만에 탈주.

└NPC들도 여기 가려고 하면 엄청 뜯어말리던데요? 그러게 가지 말라는 데 왜 가요.

└요약. 돈 많고, 시간은 더 많은 사람만 다니셈.

"아……."

제대로 망했구나.

고개를 푹 숙인 한정우가 허망한 표정을 지었다.

"나약한 놈이군. 고작 팔굽혀펴기 몇 번 했다고 기절을 하다니."

다음 날 게임에 접속하자마자 잔소리가 쏟아졌다.

후이는 뚱한 표정의 카이에게 목검 한 자루를 던졌다.

"받아라."

"뭡니까?"

그가 던진 목검을 겨우 낚아챈 카이에게 후이가 짤막하게 명했다.

"오늘부터 수평 베기 1만 번, 수직 베기 1만 번을 한다."

"……!"

느닷없는 지옥 훈련에 카이가 멍청한 표정을 지었다.

'영감, 저 마음에 안 들죠?'

그 표정을 보고 인상을 찡그린 후이가 호통을 쳤다.

"2만 번을 채우려면 그러고 있을 시간도 없을 텐데?"

"지, 진짜로 2만 번이나 휘두르라고요?"

"오늘 안에 못 끝내면 내일은 오늘 못한 횟수만큼 더 해야 한다."

"……."

카이는 속으로 분을 삭였다.

검술관에 와본 건 처음이었지만, 이 수련 방법이 비정상적이라는 것 정도는 알 수 있었으니까.

하지만 뭘 어쩌겠는가, 이미 돈은 지불했고, 물릴 수도 없다.

'아니, 정말 물릴 수 없나?'

카이는 혹시나 하는 마음에 슬그머니 입을 열었다.

"혹시 여기 환불……."

"놉. 안 된다."

"……."

아예 못을 박아버리듯 퀘스트 창이 떠올랐다.

[기본이 중요하다 I]

[난이도 : E-]

[여명의 검술관의 관장인 후이는 검사에게 가장 중요한 것이 기본이라고 믿는 사람입니다.

모든 검술의 기본이 되는 수평 베기와 수직 베기를 각각 1만 번씩 휘두르세요.]

[성공할 경우 : 힘 +1, 체력 +1, 민첩 +1]

[실패할 경우 : 여명의 검술관 추방.]

'보상은 생각보다 좋은데?'

의외로 괜찮은 보상에 카이는 잠시 머릿속으로 계산을 해봤다.

'1분에 50번씩 휘두르면…… 10분에 500번, 1시간 40분이면 5,000번?'

이론상으로는 3시간 20분이면 1만 번을 휘두를 수 있다.

'생각보다 쉬운 걸지도?'

두 다리를 어깨 넓이로 벌린 카이가 목검을 꽉 쥐었다.

'검 휘두르는 거야 뭐, 쉽지.'

카이는 별 생각 없이 목검을 휘둘렀다.

휘우웅!

[자세가 올바르지 못합니다.]

[수평 베기에 대한 이해도가 부족합니다.]

[수평 베기에 실패했습니다. 남은 횟수 0/10,000]

"응?"

카이가 멍청한 표정을 지으며 눈만 깜빡거렸다.

수평 베기는 3살짜리 동네 꼬맹이들도 할 줄 아는 기초 중의 기초다.

"그런데 이게 실패할 수가 있나?"

"있다."

혀를 쯧쯧 차올린 후이가 고개를 절레절레 흔들며 다가왔다.

"우선 너는 자세부터가 쓰레기다."

그는 들고 있던 단봉으로 카이의 몸을 툭툭 치자 엉거주춤

하게 서있던 카이의 자세가 그럭저럭 볼 만하게 변했다.

"같은 행위라고 해도 일류 요리사가 사과를 깎는 것과 어린아이가 깎는 것은 다를 수밖에 없지. 수평 베기 또한 마찬가지다."

"그건 그렇죠."

"기본에 충실해라. 농부조차 씨앗을 뿌리기 전엔 밭을 가는 법이다. 검을 잡기로 마음을 먹었다면, 상위 검술을 배우기 전에 수직, 수평, 대각선 베기와 찌르기 정도는 제대로 할 줄 알아야 한다."

"……!"

카이가 그의 깊은 속뜻을 알아차리자, 후이가 가볍게 턱짓을 했다.

"그럼 이제 다시 휘둘러봐라."

"네!"

카이는 심호흡을 한 번 하며 목검을 단단히 쥐었다.

'한 번 휘두를 때도 최선을 다한다는 느낌으로!'

어차피 1만 번씩 휘둘러야 하는 것이라면, 대충 휘둘러서 실패가 뜨는 것보다, 집중해서 빠르게 끝내는 것이 훨씬 이득이었다.

부웅!

잡념을 지워낸 목검은 이전보다 깔끔한 소리를 냈다.

[수평 베기에 성공했습니다. 남은 횟수 1/10,000]

"서, 성공이다!"

"음. 수평 베기는 그런 식으로 9,999번만 더 하면 된다."

"……."

입을 꾹 다문 카이는 기계처럼 목검만 휘둘렀다.

단순해 보이는 동작이었지만, 한 번을 휘두는 것도 심력의 소모가 엄청났다.

[수평 베기에 성공했습니다. 남은 횟수 2/10,000]

[수평 베기에 실패했습니다. 남은 횟수 2/10,000]

[수평 베기에 성공했……]

"하압! 하압!"

항상 침묵이 내려앉아 있던 검술관이, 카이의 기합 소리로 인해 오랜만에 시끄러워졌다.

[수직 베기에 성공했습니다. 남은 횟수 9,999/10,000]

"허억, 허억……."

카이의 몸은 땀으로 범벅이 되어 있었다. 비단 몸뿐만이 아니라, 그가 서 있던 바닥도 땀으로 흥건히 젖은 상태였다.

'아직 한 번 남았다.'

수평 베기를 모두 끝내고, 수직 베기도 9,999번이나 성공한 카이. 무려 9시간이나 걸린 훈련이었지만, 카이는 결국 이것을 해내고 말았다.

"하앗!"

부웅!

목검이 공기를 절삭하며 깔끔하게 떨어졌다.

그리고 카이가 기대하던 메시지창이 떠올랐다.

[수직 베기에 성공했습니다. 남은 횟수 10,000/10,000]

[기본이 중요하다! 퀘스트를 완료했습니다.]

[힘이 1 상승합니다.]

[체력이 1 상승합니다.]

[민첩이 1 상승합니다.]

"아자!"

드디어 해냈다.

고된 시간을 견디고 산의 정상에 다다른 자만이 느낄 수 있는 시원함과 함께, 성취감이 카이의 전신을 휘감았다.

환한 표정을 짓고 있는 카이에게 후이가 다가왔다.

"끝났냐?"

"네! 수직 베기와 수평 베기 각 1만 번씩 모두 마쳤습니다."

"잘했다. 그럼 지금 당장 복도 끝 방으로 가서 잠을 자라."

"네?"

"휴식을 취해줘야 내일 또 고된 훈련을 버틸 수 있다."

후이에게 등을 떠밀린 카이가 복도 끝 방으로 안내되었다.

그 흔한 책상 하나 없이, 딱딱한 침상 하나만이 덩그러니 놓여 있어 삭막해 보이는 방이다.

곧장 침대에 누운 카이는 천장을 쳐다보며 투덜거렸다.

"자고 싶다고 바로 잠이 오면 그게 곰이지 사람이야?"

잠시 후, 피곤에 찌든 카이의 고른 숨소리가 방 안을 가득 채웠다.

카이는 매일 팔굽혀펴기 1,000개를 준비 운동 삼아 해치웠다.

그 뒤에는 검술 훈련을 한다. 수평, 수직 베기와 대각선 베기, 그리고 찌르기까지 모두 1만 번씩.

첫날의 고통은 이틀이 지나 나흘, 닷새가 되어도 좀처럼 익숙해지지 않았다. 애초에 인간이 고통에 금방 익숙해진다면,

다이어트에 실패하는 사람 따윈 없으리라.

"하아, 하아."

하지만 그 고통을 견디는 것도 오늘로 끝이 난다.

마지막 날이라 그런지 훈련은 이전보다 배는 힘들었다.

팔굽혀펴기를 2천 개나 해야 했고, 검은 종류별로 각각 2만 번씩을 휘둘러야 했다.

하지만 카이가 아무런 불만 없이 묵묵히 수련에 임하는 이유는 간단했다.

[기본이 중요하다Ⅷ]

[난이도 : C]

[영원히 오지 않을 것 같던 검술관에서의 마지막 날이 찾아왔습니다.

평소보다 두 배는 더 힘든 훈련을 소화하여 유종의 미를 거두십시오.]

[성공할 경우 : 힘 +3, 민첩 +3, 체력 +3]

'스탯을 무려 아홉 개나 주는 퀘스트!'

마지막 날이라 그런지 보상이 평소보다 더 좋았기 때문이다.

'대신 수련 횟수도 두 배가 증가했지만 말이지.'

하지만 강해지는 것에 목이 마른 카이는 근육이 찢어지는 고통에도 연신 웃음을 지었다. 그 모습은 관주인 후이조차 혀를 내두르게 만들었다.

'정신 나간 녀석…….'

이곳에서 검을 가르친 지 족히 수십 년은 되었지만, 저런 녀석은 처음이다. 본인에게 말을 한 적은 없지만, 후이는 카이를 상당히 높이 평가했다.

'본인이 자각하지 못했을 뿐, 이 녀석의 재능은 상당하다. 고작 일주일 만에 이 정도의 성장을 이뤄냈다면…… 시간이 지날수록 실력은 더욱 가파르게 상승하겠지. 지니고 있는 잠재능력과 운동신경 자체가 뛰어난 놈이야.'

이 정도 신체 능력으로 여태 남들 뒷바라지나 하는 사제였다는 것이 안타까울 정도다. 게다가 처음 몇 번을 제외하곤 실수도 잘 안 하는 편이었으니, 집중력은 물론 머리도 꽤나 좋은 편이었다.

'하지만 재능이 출중한 것만으로는 안 된다. 이곳을 방문한 이들 중 태반이 그랬으니까.'

아름다운 장미에 가시가 존재하듯, 달콤한 과실은 높은 나무에서 열리는 법이다. 그런데 카이는 그 열매를 딸 수 있는 조건을 모두 갖추고 있었다.

'이렇게 포기하지 않고 노력할 수 있는 녀석은 흔치 않지.'

애초에 카이가 하고 있는 훈련은 숙련된 기사들도 끝까지 버티기 힘든 훈련이었다.

왜냐하면 이곳에서 수련을 받게 되면 모든 스탯이 10으로 고정되고, 스킬도 사용할 수 없으니까. 추락하는 것에는 날개가 있는 법이고, 높은 곳에서 추락하면 받는 대미지는 더욱 커진다.

'한마디로 실력이 뛰어난 사람일수록 이곳에서의 훈련이 더욱 어려워진다는 뜻이지.'

힘을 잃었을 때의 극심한 박탈감, 그것을 버텨내야만 이 훈련을 끝까지 마칠 수 있었다. 애초에 팔굽혀펴기나 목검 휘두르기 같은 것은 훈련의 축에도 끼지 못했다.

자신의 모든 힘을 잃어버리고 그 상실감을 견딜 수 있는가, 없는가. 그것이 여명의 검술관이 주는 진정한 시련이었다.

'이 녀석도 분명 약하지는 않은데, 신기하게도 적응을 잘한단 말이지.'

카이는 현재 선행 스탯으로 모든 스탯이 올라간 상태다. 단순히 스탯의 합만 따지면 무려 100레벨이 넘는 수치였다. 당연히 후이의 입장에서는 카이가 기사급의 강자로 보일 만했다.

하지만 그건 크나큰 착각이었다. 카이는 불과 며칠 전까지만 해도 나약한 사제였기에, 오히려 스탯이 다운된 이 상태가 더 익숙했던 것뿐이었으니까.

물론 그 사실을 후이 관장이 알 리는 없었다.

'정신력이 대단한 녀석이야!'

동시에 그의 눈동자는 오래전에 식어버렸던 열기를 피워올렸다.

'패트릭 님이 남기신 유산을 얻으려면 세 가지 시험을 통과해야 한다.'

첫 번째로 심성이 악하면 안 된다. 만약 심성이 악한 자가 검술관에 들어오면, 그는 그 자리에서 눈을 까뒤집으면서 기절하게 된다.

'그 때문에 귀신 붙은 검술관이라는 소문이 돌아서 찾아오는 사람이 더욱 줄어들었지.'

검술관의 슬픈 역사를 떠올린 후이가 침울한 표정으로 잡념을 털어냈다.

'그리고 두 번째는 게으름을 피우지 않고 모든 수련을 완벽하게 마치는 것.'

자신의 힘을 모두 잃어버린 박탈감을 극복해내고, 육체의 고통을 이겨내는 정신의 소유자.

패트릭이 찾던 인물은 바로 그런 인물이었다. 만약 게으름을 피우는 자들이 있으면 그들에게는 기본 검술만을 가르쳐주고 쫓아냈다.

'물론 이 두 가지 조건을 만족시킨 이들은 생각보다 많았지.'

만약 이 두 가지 조건이 전부였다면, 패트릭의 예상대로 그는 자신의 후예를 수년 안에 찾을 수 있었으리라. 하지만 패트릭의 마지막 변덕이 모든 일을 틀어버렸다.

잠깐만, 나와 같은 길을 걷는 후배에게 모든 유산을 물려주고 싶구나.

어디서나 존재하는 학연.

결국 그는 세 번째 조건을 추가했다.

첫 번째, 두 번째 시험을 통과한 '태양교의 사제'에게 나의 유산을 물려주어라.

'이 빌어먹을 조건만 없었어도!'

보통 태양교의 사제가 검을 배우고 싶다면, 본단에서 성기사 수업을 받는 것이 일반적이다. 애초에 검술관에 다니는 이들은 보통 전사나 기사를 목표로 하는 이들이었기에 검과 전투의 신인 카잔을 섬기기 때문이다.

'그러니 조건에 맞는 이가 있을 턱이 있나!'

이 조건 때문에 여명의 검술관은 패트릭의 유산을 물려줄 이를 수백 년간 찾지 못했다.

가문의 대를 이으면서도 찾지 못한 후계자.

자식이 없는 후이는 패트릭의 유산이 누구에게도 전해지지 않고 소실되는 것을 안타깝게 여겼다. 그런데 며칠 전 검술관 앞을 서성이는 카이를 발견한 것이다.

'이 녀석, 사제다!'

후이의 입장에서는 무슨 일이 있어도 검을 가르쳐야 했던 것이다.

그리고 막상 가르쳐 보니, 이 녀석이 제법 물건이었다.

'심성도 이 정도면 통과인데 끈기와 재능까지 있다.'

저 녀석이 오늘의 수련만 무사히 마친다면, 가문의 기나긴 사명도 드디어 끝이 나는 것이다.

'드디어……!'

오늘과 같은 날만 기다려왔던 선조들을 떠올리니 눈시울이 절로 붉어졌다.

'이렇게 가만히 있을 수는 없지.'

후이는 자리에서 벌떡 일어나며 카이를 응원했다.

"힘내라, 너는 할 수 있다. 절대 포기하면 안 돼! 포기하면 죽어 버릴 테다!"

"……."

카이는 질색한 표정으로 노인을 쳐다봤다.

'뭐지? 노망이라도 나신 거야?'

지난 며칠간 엄마보다 더한 잔소리를 퍼붓던 그가 돌연 응원을 하니 그런 생각이 들 수밖에.

하지만 그의 말과 눈빛에는 자신이 꼭 성공하기를 바란다는 진심이 담겨 있었다.

"흐, 흥."

부웅, 부우웅!

지쳐가던 카이의 목검이 내는 소리가 조금 더 강해졌다.

[수직 베기에 성공했습니다. 남은 횟수 20,000/20,000]

[기본이 중요하다Ⅶ 퀘스트를 완료했습니다.]

[힘이 3 상승합니다.]

[민첩이 3 상승합니다.]

[체력이 3 상승합니다.]

[검술관의 모든 수련을 완벽하게 마쳤습니다.]

"드, 드디어……."

카이의 얼굴에 송골송골 맺힌 땀방울은 노력의 결실이었다. 후이는 천천히 다가와 손수건을 건넸다.

"지금 네가 흘린 한 방울의 땀은, 나중에 네가 흘릴 한 방울의 피를 대신할 것이다."

"예!"

열심히 응원을 하느라 목이 쉬어버린 후이는 피곤한 표정으로 방석을 가리켰다.

"앉아보거라. 해줄 말이 있으니까."

"알겠습니다."

두 사람이 방석에 앉자, 후이는 짐짓 근엄한 표정을 지으며 자신의 수염을 쓸어내렸다.

"생각해 보니 내 소개가 조금 늦은 것 같군."

"……."

이미 조금이라는 단어를 붙이기에는 너무 멀리 왔다. 무려 일주일이나 흘렀으니까.

"내 이름은 후이 라둔. 대대로 패트릭 님을 모시던 가신이 바로 우리 일족의 정체다."

"그렇군요."

"사실 여명의 검술관은 일반적인 검술관과는 조금 다르다."

'역시.'

카이는 자신의 코끝을 스치는 익숙하고도 기분 좋은 냄새에 미소를 지었다.

'냄새가 난다.'

히든 피스의 냄새가!

첫날 후이가 이야기했던 대로, 이 검술관은 패트릭과 어느 정도 연관이 있을 것이다.

'그럼 이 지옥 같은 훈련도 끝났으니, 뭐라도 주겠지.'

카이는 상체를 앞으로 쭉 빼고 후이의 말을 최대한 경청하는 표정을 지었다. 그 모습을 본 후이는 흡족한 표정으로 말을 이었다.

"이 검술관을 패트릭 님께서 만들었다는 이야기는 처음 만났을 때 해줬지?"

"물론입니다."

"사실 패트릭 님께서는 자신의 유산을 물려줄 인재를 찾고 계셨네."

"그게 저로군요!"

"아닌데."

"……."

카이가 황당한 표정을 짓자, 후이가 피식 웃었다.

"하지만 네 능력에 따라 유산을 물려받을 수는 있겠지."

"그게 무슨 뜻입니까?"

사람 놀리는 것도 아니고, 애매모호한 문장에 카이가 미간을 찌푸리며 되물었다.

"이 검술관에서 시험한 것은 대상의 선량함과 정신력이다."

"과연!"

카이는 이곳에서 느꼈던 점을 가감 없이 말했다.

"분명 관주님의 독설은 저처럼 선량하고 강인한 정신력을 지닌 이가 아니면 버티기 힘들겠지요."

"……."

후이의 입술 끝이 파르르 떨렸다. 겨우 마음을 진정시킨 그는 패트릭의 유산을 잇는 자에게 필요한 세 가지 조건을 설명해 주었다.

"아…… 그렇군요."

"이것으로 너는 나의 가르침을 모두 수료했다."

"감사합니다!"

고개를 꾸벅 숙이는 카이에게, 후이가 지도 한 장을 내밀었다.

"그럼 이제 이곳으로 가거라."

"이것은 지도군요."

"후후. '하녹스의 시련'이라 불리는 곳을 표기해 놓은 지도이다."

"하녹스의 시련이요?"

"암, 그곳은 패트릭 님이 본인의 강력한 신성력으로 만들어 낸 던전이지."

"던전! 그렇다면 위험으로 가득 찬 곳이겠군요."

"그럴 수도 있고, 그렇지 않을 수도 있다."

후이가 의미심장한 미소를 지으며 말했다.

"내가 알려줄 수 있는 것은 한 가지뿐. 여명의 검술관이 정신력을 시험하기 위한 장소라면, 하녹스의 시련은 극한의 체력과 전사로서의 가치를 증명해야 하는 장소라는 것!"

"전사로서의 가치……."

카이가 침을 꿀꺽 삼켰다.

'그런데 난 사제잖아.'

솔직히 자신이 왜 전사로서의 가치를 증명해야 하는지는 잘 모르겠다.

'그래도 이건 무려 광휘의 패트릭이라는 태양교의 전설적 영웅과 얽혀 있는 히든 퀘스트야.'

이름만 들어도 꿀 냄새가 풀풀 풍기는 히든 퀘스트!

카이는 자신의 눈동자에 굳은 의지를 가득 담으며 말했다.

"그럼 그 시험의 장이라는 것을 통과하면 되는 겁니까?"

"물론이다. 그것이 너에게 내려지는 두 번째 시험! 그곳을 통과하면 너는 또 한 걸음 성장하게 될 것이다."

[하녹스의 시련을 통과하라!]

[난이도 : C]

[태양교 역사상 최고의 성기사로 꼽혔던 광휘의 패트릭.

그가 말년에 만들어놓은 시련의 장은 방문자가 전사로서의 소양을 지니고 있는지를 확인하는 장소입니다. 당당히 시련의 장을

통과하여 패트릭의 위대한 유산을 물려받을 자격이 있다는 것을 증명하십시오.]

[성공할 경우 : 모든 스탯 +1, 캐릭터 레벨 +1]

[실패할 경우 : 패트릭의 유산을 상속할 기회를 영원히 잃게 됨.]

"후후."

카이는 퀘스트 설명에서 마음에 드는 단어만 쏙쏙 골라서 읽었다.

역사상 최고의 성기사, 그리고 위대한 유산이라?

'자고로 유산이라고 하면 돈이지.'

게다가 역사상 최고의 성기사라고 하니, 황금이 산더미처럼 쌓여 있을 것이 분명했다. 카이는 감출 수 없는 웃음을 흘리며 고개를 끄덕였다.

"이 시련은 제가 반드시 통과하겠습니다."

[퀘스트를 수락했습니다.]

"아, 깜빡할 뻔했군. 이거 받아라."

카이가 자리에서 일어나려는 순간, 후이가 심드렁한 표정으로 낡은 책자 하나를 던졌다.

"이게 뭡니까?"

카이는 곧장 책을 들어 감정했다.

[스킬 북-여명의 검법]

등급 : 노말

설명 : 여명의 검술관 관주에게 인정을 받은 자만이 얻을 수 있는 검법입니다.

하지만 실용적인 가치는 낮습니다.

카이의 얼굴이 순식간에 똥 씹은 표정으로 변했다.

'겨우 노말 등급? 게다가 실용적인 가치가 낮아?'

아무리 히든 퀘스트를 주는 검술관이라고는 하지만, 이런 쓰레기 검술을 가르쳐 주다니!

'뭐, 어차피 내 주력은 검술이 아니니까. 보조용으로 쓰기에는 노말 등급도 괜찮을 거야.'

그렇게 생각하자 오히려 마음이 홀가분해졌다.

카이는 가벼운 마음으로 스킬 북을 열었다.

띠링!

[스킬 북-여명의 검법을 사용하시겠습니까? 동의하시면 스킬이 생성되고, 스킬 북은 영구히 소멸됩니다.]

"사용."

['여명의 검법' 스킬을 획득합니다.]

카이는 곧장 스킬의 정보를 확인했다.

[여명의 검법 LV. 1 Passive]
검으로 공격할 시 적에게 공격력의 110%의 대미지를 준다.

"윽……."
초라하고 볼품없는 스킬 설명이었다.
10레벨의 검사가 전사의 탑에서 배우는 검술 스킬도 1레벨 대미지가 110%였다.
그러니 여명의 검법이 대단한 검법인 것은 절대 아니었다.
'뭐, 커뮤니티에서 기본 검술 얻었다고 할 때부터 예상은 했으니까.'
하지만 아쉬움이 남는 것도 사실이었다. 카이의 표정이 살짝 어두워지자, 후이가 눈썹을 꿈틀거렸다.
"표정 풀어라. 주고 싶은 것도 주기 싫게 만드는 재주가 있군."
"주고 싶은 거요?"
아직 더 받을 게 남아 있다는 소리인가?

카이의 얼굴이 순식간에 세상에서 가장 행복한 남자처럼 변했다.

"놀라운 태세전환이구나. 처세술만큼은 인정해 주마."

고개를 절레절레 내저은 후이가 한 권의 책자를 더 꺼냈다.

"자, 이 책자도 여명의 검술관을 완료한 자에게 주어지는 보상이다."

"그런데 이 책은 색깔이……."

후이가 건넨 스킬 북을 받은 카이의 눈동자가 크게 흔들렸다.

낡은 회색의 책자였던 여명의 검법과는 달랐다. 붉은색으로 빛나는 책은 그 존재만으로도 강렬한 아우라를 줄기줄기 뿜어내고 있었다.

카이는 떨리는 목소리로 말을 이었다.

"아, 아이템 감정."

[스킬 북-신성 폭발]

등급 : 유니크

사용 제한 : 사제, 여명의 검술관에서 인정받은 자.

설명 : 체내의 신성력을 폭발시켜 사용자의 능력치를 끌어올립니다.

'유, 유, 유니크 등급 스킬 북이다.'

츄릅, 카이의 입가에 고여 있던 침 한 방울이 바닥에 떨어졌다. 그만큼 유니크 등급의 스킬 북은 가치는 대단한 것이었다.

'이 정도 아이템이면 공증인을 내세우고 거래해야 할 정도야……. 가치는 최소 수천만 원이다!'

침을 꿀꺽 삼킨 카이는 함부로 스킬 북을 잡지도 못한 채 되물었다.

"이, 이거 진짜 제가 익혀도 됩니까?"

"응? 무슨 소리냐. 어차피 너 아니면 배울 수도 없을 텐데."

"예?"

후이의 심드렁한 목소리에 카이는 다시 한번 정보를 확인했다.

"아……."

카이가 시무룩한 표정을 지었다. 신성 폭발은 여명의 검술관에서 인정을 받은 자만이 사용할 수 있는 스킬 북, 그 말은 카이가 아니라면 배울 수 없다는 뜻이었다.

'그럼 어차피 팔지도 못하겠네.'

카이의 어깨가 축 늘어졌지만, 울적한 마음은 순식간에 사라졌다.

'아니지, 어차피 내가 이걸 팔 이유는 없어.'

돈이 많으면 좋지만, 딱히 돈에 미칠 이유는 없다. 게다가 지금 그에게 부족한 것은 바로 근접 전투 능력. 신성 폭발을 배우게 된다면 그 단점이 크게 극복될 것이 분명했다.

"그, 그럼 진짜 사용합니다?"

"하라고."

"넵."

침을 꿀꺽 삼킨 카이는 후이 관장의 마음이 바뀌기 전에 재빨리 스킬 북을 펼쳤다. 동시에 영롱한 빛과 함께 새로운 스킬이 생성되었다.

카이는 재빨리 스킬의 정보를 확인했다.

"스킬창."

[신성 폭발 LV. 1]

1초마다 1,000의 신성력을 소모하여 모든 스탯을 30 상승시킵니다.

재사용 대기시간 : 5분

숙련도 0/100

"오오……!"

과연 유니크 등급의 스킬.

생각보다 훨씬 놀라운 능력의 스킬이었지만, 리스크가 없는 건 아니었다.

'1초마다 신성력 소비가 1,000이라…… 애매한걸.'

현재 카이의 신성력은 22,600이었다.

자신에게 기본적인 버프들을 걸고 나면 남는 것은 대략 20,000.

'그럼 신성 폭발을 운용할 수 있는 건 최대 20초…… 아니, 23초구나.'

3초나 더 사용할 수 있는 것은 신성 폭발을 사용하면 신성 스탯이 30이나 증가하기 때문이다. 하지만 그것을 감안해도 마음 놓고 사용할 수 있는 스킬은 아니었다.

그야말로 필살기, 비장의 한 수라는 느낌이었다.

'하지만 이것 하나만으로도 선택지가 넓어졌다는 건 사실이야.'

진한 미소를 짓고 있는 카이에게 후이가 충고를 해줬다.

"그리고 너, 힘이 너무 약하더군. 그 부분을 조금 더 키워야겠어."

"힘이요?"

"그래. 아시다시피 힘이란 공격력을 포함해 신체를 이용한 모든 속도와도 관계가 있다"

"그야…… 알고 있죠."

그 부분을 알고 있던 카이가 마지못해 고개를 끄덕였다.

"네가 무엇이 되고 싶은지는 모르겠으나, 검을 배운 이유가 있겠지?"

"혼자 사냥을 하고 싶어서요."

카이가 솔직하게 이야기하자, 후이가 손바닥으로 무릎을 쳤다.

"아주 좋아, 바로 그 기세다. 이곳에서 검을 사사 받은 녀석이라면 그 정도 기개는 있어야지!"

"검을 사사 받다니, 고작 스킬 북 하나 던져줬으면서."

"시끄러워. 괜히 이런 소리를 하는 게 아니다. 지금 네 녀석의 힘은 오크 한 마리를 못 잡을 정도로 비루하다."

"……."

"무려 유구한 전통의 여명의 검술관을 졸업한 전사인데도 말이지."

"저 사제예요."

"어흐흠!"

후이가 심기 불편하다는 눈빛으로 쏘아보자, 카이가 입을 꾹 다물었다.

확실히 후이의 충고는 그가 몇 번이고 걱정했던 것과 상당히 일치하는 부분이 있었다.

'태양의 사제로서 어떤 스탯을 올리는 게 정답일까.'

다른 사제들과 마찬가지로 신성, 체력 스탯을 올려서 힐러로서 이름을 떨치는 방법도 있었다.

하지만 카이는 스스로에게 질문을 해보았다.

'그게 정말 내가 원하는 건가?'

여태까지 카이는 자신의 직업이 힐러라는 것을 후회했던 적이 단 한 번도 없었고, 그건 지금도 마찬가지였다. 하지만 이곳에서 목검을 휘두르며, 자신이 검을 휘두르는 것을 좋아한다는 것 또한 자각했다.

'힐러도 좋지만, 다른 전사들처럼 검도 휘두르고 싶어.'

어쩌면 후이가 건네준 충고야말로 그 두 가지 토끼를 모두 잡는 방법이 될 수도 있다.

'올힘 사제라…….'

아직 누구도 가보지 않았고, 구태여 가보려고 하지도 않는 길. 물론 두 마리 토끼를 모두 놓칠 수도 있지만, 신대륙은 도전하는 자에게만 그 문을 드러내는 법이다.

카이는 조용히 고개를 숙였다.

"충고 감사드립니다. 하지만…… 그건 조금 더 고민해 봐야 할 것 같아요."

한 번 투자한 스탯을 되돌릴 수 있는 방법은 없다. 그렇다고 캐릭터를 삭제할 수도 없는 노릇이니, 카이는 선택을 할 때마다 신중해야 했다.

"그리고 신성 폭발과 여명의 검법을 전수해 주셔서 감사합니다."

"흐음. 그 뭐냐, 네놈이 일주일간 잘 버텨준 덕분이다. 잊지 말아라. 이건 내가 선의를 베푼 것이 아니라 네가 고생을 해서 쟁취한 보상이라는 걸."

"명심하겠습니다!"

나무 위의 열매를 얻고 싶다면, 밑에서 가만히 기다리기만 해서는 안 된다. 몇 번이나 미끄러지고, 추락하면서도 아득바득 나무의 꼭대기까지 도달한 자만이 모든 열매를 독식할 수 있는 법이다.

'여명의 검술관, 훈련은 더럽게 힘들었지만 얻은 건 많네.'

카이가 홀가분한 표정으로 자리에서 일어났다. 그러자 후이가 진지한 얼굴로 입을 열었다.

"흘린 침은 닦고 가라."

"……."

무려 일주일간의 지옥 수련.

그것을 모두 마치고 검술관을 나오는 카이를 반겨준 건 따사로운 햇살이었다.

"오늘따라 기분이 좋구나."

왜냐하면 오늘은 인벤토리가 빵빵해지는 날이었기 때문이다.

솔리드에게 의뢰해 놓은 장비들과 웜 리자드의 가죽옷, 그리고 레드너스 마탑의 포션들까지, 카이는 부푼 마음을 껴안은 채 대장간으로 향했다.

지난번에 왔을 때와는 대조적으로, 대장간에는 많은 사람들이 줄을 서 있었다.

"이런."

생각보다 훨씬 긴 줄에 카이는 낭패한 표정을 감추지 못했다. 그런 카이에게 대장간에서 일하는 종업원이 다가왔다.

"이쪽의 번호표를 받아주시고요. 방문 목적이 어떻게 되시나요?"

"의뢰해 놓은 장비가 있습니다."

"어떤 장비들인가요?"

"웜 리자드의 비늘로 만든……."

카이가 장비에 대해 설명을 마치자, 종업원이 메모를 했다.

"알겠습니다. 그럼 바로 준비해 놓을게요."

짤막한 인사를 마친 종업원은 그대로 대장간으로 돌아갔다.

'최소 몇십 분은 기다려야 될 것 같네.'

막막한 눈으로 줄을 서 있는 앞사람들을 바라보고 있을 때, 돌연 대장간의 문이 벌컥 열렸다.

"오오오, 저기 있구만!"

문을 열고 등장한 사람은 카이도 익히 알고 있는 이였다.

"솔리드 님?"

"이 사람아! 왜 여기서 이러고 있어?"

반가운 표정으로 한달음에 달려온 솔리드는 두꺼운 손으로 카이의 손을 붙잡았다.

"자, 바로 들어가세!"

"하지만 줄이……."

"어허, 자네가 어떤 사람인데 여기서 서고 있는가! 내 가게인데 뭐 어떤가? 괜찮으니 어서 들어오게."

사람은 누군가에게 인정을 받고, 대우를 받을 때 기분이 가장 좋아지는 법이었다.

카이의 입꼬리가 절로 씰룩였다.

'확실히 호감도를 한 번 올려놓으니 좋긴 좋아.'

예로부터 인생을 살아가는 데 가장 중요한 것은 지연, 학연, 혈연이라고 했다. 이들의 공통점은 단 한 가지다.

'인맥!'

지역을 통해 맺어진 지연, 학교를 통해 이어진 학연, 같은 피가 흐르는 혈연!

모든 것은 인맥에서 시작되고, 인맥에서 끝난다는 것이다.

"뭐야, 저 사람은 왜 줄도 안 서고 바로 들여보내 주는데?"

"우리는 뭐 시간이 남아돌아서 줄 서는 줄 아냐!"

"우우우!"

물론 그 광경을 지켜보던 유저들은 불만을 토로했다. 하지만 솔리드는 아랑곳하지 않고 카이를 대장간으로 이끌었고, 종업원이 남아 그들을 다독였다.

"죄송합니다. 저분은 솔리드 님께서 각별히 모시라고 했던 분이신지라…… 양해 부탁드립니다."

"각별히?"

"대체 뭐 하는 사람인데?"

그 말에 사람들의 고개가 단체로 기울어졌다.

"천화 길드의 간부들조차 저런 대우는 받지 못해."

"그럼 NPC라도 된다는 거야?"

"NPC가 왜 대장간을 찾아와?"

"아, 몰랐나 보네. 여기 대장장이가 유명해서 기사나 귀족가 NPC들도 자주 찾아오는 모양이던데?"

"헉…… 그럼 괜히 밉보인 건 아닌가 모르겠네."

줄을 서 있던 유저들은 이 사건을 단순한 해프닝으로 치부해 버렸다.

"와, 사람들 반응 무섭네요."

유저들의 원성을 뒤로하고 대장간에 들어온 카이는 흘깃 뒤돌아보며 중얼거렸다.

솔리드는 호탕한 웃음소리로 그 걱정을 덜어줬다.

“껄껄껄! 남자가 뭐 그 정도 원성에 겁을 먹고 그러나?”

“그래도요.”

“내 가게이니 걱정하지 말게. 거, 주인 마음대로 하겠다는데 뭘!”

“하하…….”

그의 확고한 신념에 어설픈 웃음을 흘리던 카이가 주변을 둘러보며 물었다.

“그나저나 제 장비는 모두 완성이 되었습니까?”

“자네, 날 몰라도 너무 모르는 것 아닌가?”

솔리드는 고개를 절레절레 흔들더니, 카이를 공방의 안쪽으로 이끌었다.

“나는 말일세, 40년간 망치를 두드리면서 단 한 번도 시간 약속을 어겨본 적 없는 남자야.”

“……!”

그 말에서 30년 전통의 할머니 국밥집에서나 느낄 수 있는 깊은 신뢰가 느껴졌다.

대번에 표정이 환해진 카이는 그가 내미는 장비들을 바라봤다.

"자, 이것이 자네의 새로운 무구들일세."

솔리드는 한 자루의 검과, 투구, 상의, 하의로 이루어진 경갑 방어구를 내밀었다.

"와……."

카이의 입에서 의도하지 않은 자연스러운 탄성이 흘러나왔다.

미드 온라인의 장비는 섬세하다.

그 말인즉, 장비의 느낌은 그 장비를 만든 재료를 따라간다는 뜻이었다.

'이 검의 재질은…… 뼈.'

프리카 마을의 산맥을 지배하던, 필드 보스 몬스터인 웜 리자드의 뼈다. 그 단단함이 주는 안정감이 카이의 눈길과 마음을 단번에 사로잡았다.

그르릉.

카이는 천천히 검집에서 검을 뽑아들었다.

웜 리자드의 하얀 뼈를 가공해 만든 검은 순백의 색을 지니고 있었다. 비록 광물로 만든 검과 같은 차가움은 없었지만, 어떤 적이든 베어버릴 것 같은 날카로움이 돋보였다.

'뼈라고는 생각이 되지 않을 만큼 예리해.'

카이는 검의 날 부분에 살짝 손가락을 갖다 대보았다.

[1,854의 대미지를 입었습니다.]

[웜 리자드의 분노의 효과로 185의 추가 대미지를 입었습니다.]

'……!'

여명의 검술관에서 수련을 마친 카이의 힘 스탯은 72였다.

아무리 잘 봐줘도 20레벨의 검사와 비슷한 수치!

하지만 저 공격력은 최소 35레벨의 전사가 힘껏 휘두른 일격과 동일했다.

'힘은 물리 공격력과 직결되는 스탯이야. 하지만 그럼에도 불구하고 이 대미지가 나온다는 의미는…….'

무기 자체의 성능이 매우 뛰어날 경우뿐!

게다가 특수 효과까지 지니고 있는 것 같아 보였다.

쿵! 쿵! 심쿵!

심장은 아이템의 정보를 빨리 확인해 보라는 듯 거세게 뛰었다.

침을 꿀꺽 삼킨 카이가 떨리는 목소리로 말했다.

"아이템 감정."

11장
지하 도박장

"이, 이건……!"

검의 손잡이를 쥔 카이의 손이 긴장으로 인해 후들후들 떨렸다.

'태, 태어나서 처음 보는 유니크 등급의 무기다!'

아니, 경매장이나 스크린샷으로 구경한 적은 몇 번 있었다. 하지만 유니크 등급의 아이템을 직접 착용하는 건 호적에 이름을 올린 후 처음 있는 일이다.

"오오오……."

사람은 매우 기쁘거나, 매우 슬프면 언어 중추가 마비된다. 말이 안 나온다는 이야기다.

카이의 입은 마치 고장 난 기계처럼 감탄사만 토해냈다.

[깨달은 자의 롱 소드]

등급 : 유니크

공격력 75~107

힘 +10

체력 +3

착용 제한 : 레벨 60, 힘 80, 체력 150

내구도 100/100

설명 : 오랜 시간 망치를 휘둘러온 대장장이 솔리드가 최근에 얻은 깨달음을 백분 발휘하여 만든 검입니다. 그가 이룩한 평생의 진수가 이 검 하나에 모두 담겨 있다고 해도 과언이 아닙니다.

[특수효과]

웜 리자드의 분노(공격 시 10%의 추가 대미지)

날카로움(베기 공격력 10% 증가)

"껄껄껄, 어지간히 마음에 드는 모양이군!"

솔리드의 호탕한 웃음소리와 두꺼운 손이 카이의 어깨를 두드렸다.

"아, 네. 네!"

그제야 정신을 차린 카이가 고개를 연신 끄덕였다.

"마음에 들어요. 아니, 어떻게 이런 무기가 마음에 안 들 수가 있겠어요!"

만난 지 1분도 안되었지만, 카이는 검에 단단히 홀린 듯 이를 품에 꼬옥 껴안았다.

[1,817의 대미지를 입었습니다.]

[웜 리자드의 분노의 효과로 182의 추가 대미지를 입었습니다.]

"윽!"

물론 그 대가는 참혹했다. 그래도 카이는 히죽히죽 웃었다.

"그렇게나 기쁜가?"

"물론이죠. 이런 검을 쥐는 건 아마 평생에 몇 번 없는 경험일 거예요."

"껄껄껄! 말이라도 고맙네."

솔리드의 어깨와 콧대가 빵빵해졌다. 그는 손가락으로 코밑을 스윽 닦으며 입을 열었다.

"자, 이제 방어구를 확인해 볼 차례일세."

"아, 방어구!"

카이는 까맣게 잊고 있던 방어구를 쳐다봤다.

'이건 세트 아이템이 아니잖아?'

지난번 칠흑의 원한 세트를 받을 때는 분명 상자에 담겨 있었다.

'그런데 이 아이템들은 상자에 담겨 있지 않아!'

즉, 세트 아이템이 아니니 거래가 가능하다는 뜻이다.

카이는 검집을 벨트에 잘 묶어놓은 뒤 방어구를 집어 들었다.

"아이템 감정."

[웜 리자드의 비늘 갑주]

등급 : 레어

물리 방어력 412

마법 방어력 295

착용 제한 : 레벨 60

내구도 100/100

[웜 리자드의 비늘 하의]

등급 : 레어

물리 방어력 384

마법 방어력 268

착용 제한 : 레벨 60

내구도 100/100

[웜 리자드의 비늘 신발]

등급 : 레어

물리 방어력 285

마법 방어력 214

착용 제한 : 레벨 60

내구도 100/100

'훌륭해!'

카이는 기쁨의 비명을 지르고 싶은 기분을 억누르느라 무던히 애를 썼다.

지금 사용하는 칠흑의 원한 세트를 포기하면서까지 입을 만한 방어구는 아니다. 하지만 이 아이템들을 경매장에 올린다면 모르긴 몰라도 수백만 원은 받을 수 있을 것이다.

'돈이다!'

카이는 엄청난 돈을 안겨준 솔리드를 와락 껴안았다.

"솔리드 님은 정말 최고입니다! 어째서 숱한 귀족과 기사들, 그리고 까다롭기로 소문난 왕실에서 당신의 장비를 찾는지 알 것 같습니다!"

"흠흠, 뭘 당연한 걸 가지고……."

솔리드는 아예 고개를 뒤로 젖혔다.

하늘 높은 줄 모르고 솟아져 가는 솔리드의 콧대!

하지만 이 순간만큼은 누구도 그의 실력을 부정하지 못하리라.

"이거, 정말 고마워서 어떡하죠? 이런 장비를 그냥 받는 건 너무 죄송한데……."

"자네에게 받은 깨달음에 비할 바는 아니네! 그 덕에 내 실력이 한층 진일보한 것 같으니 말이야."

서로 값진 선물과 깨달음을 주고받으며 쌓인 애틋한 감정!

그들은 만면에 미소를 지으며 상대방의 얼굴을 쳐다봤다.

"솔리드 님……."

"카이……."

점점 더 가까워지는 두 사람!

그들은 서로의 몸을 와락 껴안고 자신의 감정에 솔직해지기로 했다.

"다시 한번 말하지만, 큰 깨달음을 줘서 정말 고맙네."

"저도 훌륭한 장비들을 만들어주신 것에 몇 번이고 감사의 말씀을 드립니다."

솔직하게 상대방에게 감사 인사를 전한 두 사람은 몸을 떼어냈다. 포옹을 하기 전에는 없었던 끈끈한 무언가가 생겨나 있었다.

"앞으로도 장비를 만들 거라면 이 솔리드를 찾아와 주게!"

"알겠습니다. 제가 매우 귀찮게 만들지도 모릅니다?"

"껄껄걸, 자네의 의뢰라면 자다가도 벌떡 일어나서 해치울 테니 걱정하지 말게!"

그것은 사나이 간의 유대, 마치 망망대해에서 표류된 선원들이나 느낄 법한 유대감이었다.

두 사람은 플레이어와 NPC라는 현실적 상황을 초월하여 끈끈한 유대감을 형성했다.

"그럼 이만 가보겠습니다."

"일이 많아서 멀리 나가진 않겠네. 다음에 보세."

솔리드는 두꺼운 근육과는 어울리지 않는 해맑은 웃음을 지어 보이며 인사했다. 마찬가지로 가볍게 고개를 숙인 카이는 미소를 지으며 대장간을 나왔다.

아직 마탑과 재봉점에서 회수해야 할 물건들이 있었다.

'와, 도시의 경매장은 이렇구나.'

의뢰한 물건들을 모두 회수하고 찾아온 글렌데일의 경매장은 프리카와는 차원이 달랐다.

은행을 연상시키는 세련된 건물의 입구에서는 안내원들이 들어오는 이들에게 숫자가 음각되어 있는 나무패를 하나씩 나눠줬다. 이를 받은 카이가 잠시 기다리자, 나무패의 숫자 부근이 붉은색으로 깜빡였다.

'오라는 뜻이겠지?'

창구의 예쁘게 생긴 경매 관리인은 나무패를 확인하더니 미소를 지었다.

"무엇을 도와드릴까요?"

"물건을 좀 판매하고 싶은데요."

"그럼 이쪽 상자에 아이템을 올려주십시오."

카이는 그녀가 내민 상자에 판매할 물건을 하나씩 집어넣었다.

"와, 정말 많이 판매하시네요. 미풍의 신발과 강철 투구, 강철 방패에다가…… 어머, 학자의 장갑이랑 웜 리자드의 장비들까지!"

그녀는 카이가 올려놓는 물건들을 쳐다보며 입을 다물지 못했다.

'입고 있는 장비가 멋있을 때부터 알아봤지만…… 이 사람, 큰손이야!'

아직 레어 아이템이 많이 풀리지 않은 미드 온라인에서, 한꺼번에 이 정도 양의 레어, 매직 아이템을 판매하러 오는 사람은 드물었다. 그녀는 최대한 친절한 목소리로 말했다.

"입찰가는 얼마부터 생각하고 계십니까?"

"제가 시세는 잘 모르는데요."

"그럼 제가 잠깐 설명을 드려도 될까요?"

"그래 주시면 감사하죠."

"제가 하나씩 설명해 드릴게요. 우선 이 학자의 장갑 같은 경우는, 주문력이 상승하는 효과 때문에 최근 들어 마법사 계열 모험가분들에게 엄청난 인기를……."

그녀는 마치 자신의 일인 것처럼 꼼꼼하게 아이템의 가격을 매겨주었다.

[미풍의 신발(레어) 17골드 20실버]

[학자의 장갑(레어) 22골드 17실버]

[강철 투구(레어) 16골드 75실버]

[강철 방패(레어) 18골드 8실버]

[웜 리자드의 비늘 갑주(레어) 20골드 17실버]

[웜 리자드의 비늘 투구(레어) 17골드 5실버]

[웜 리자드의 비늘 ……]

"오오오……!"

카이는 그녀가 책정한 가격표를 보며 가벼운 탄성을 터뜨렸다.

경매장 수수료와 왕국의 세금으로 총금액의 10%를 지불해야 했지만, 그래도 판매가를 모두 합치면 천만 원이 가볍게 넘어갔다.

기분이 좋아진 카이가 경매장 관리인을 따뜻한 눈빛으로

바라봤다.

"좋네요. 이렇게 진행해주세요."

"예, 고객님."

아르센 남작에게 불한당 퀘스트를 받은 지도 벌써 일주일이 지났다. 딱히 시간제한이 있는 퀘스트는 아니었지만, 이제는 슬슬 시작하고 싶었다.

'밀튼이 운영 중인 곳이 분명 산들바람 낙원 주점의 지하 도박장이었지.'

마침 해가 저물기 시작한 시간이었기에, 도박장의 분위기는 한창 무르익었을 것이다.

산들바람의 낙원으로 들어서자, 카운터에서 유리잔을 닦던 남자가 흘깃 쳐다보며 물었다.

"식사? 아니면 술?"

"오늘은 좀 굴리고 싶은데."

멈칫.

카이가 말한 것은 도박장에 입장하고 싶다는 일종의 암호였다.

"흐음…… 마음 같아서는 모험가가 어디서 그 정보를 들었는지 묻고 싶지만…… 원칙에 위배되니 어쩔 수 없군. 따라와라."

카이는 아르센 남작에게 정보를 건네받았기에 암호를 알 고 있었다.

남자는 카이를 1층 주방에서 연결되는 계단으로 안내했다. 밑으로 내려갈수록 시끌벅적한 소리가 들려왔다.

"질러라, 질러라!"

"제발, 제발 한 번만!"

"떠, 떴다!"

"웨이터, 여기 독한 걸로 한 잔만!"

'이곳이 지하 도박장!'

하루에도 수천 골드가 오고 간다는 글렌데일 최대 규모의 사설 도박장이다. 각종 술을 운반하는 웨이터와 아가씨들이 분주하게 돌아다녔고, 그보다 더 많은 수의 사람들이 도박을 하는 중이었다.

'아르센 남작이 밀튼을 처리하라고 한 건, 이번에 사설 도박장을 아예 없애버리고 싶다는 뜻이겠지.'

카이가 도박장으로 들어서자, 건달처럼 생긴 녀석들이 앞을 막았다.

"워워, 어디 전쟁터라도 가셔?"

"방어구는 좀 벗지? 허리춤에 달린 메이스도."

"……."

아무래도 무기를 지니고는 입장이 어려운가 보다.

카이는 순순히 칠흑의 원한 세트와 어둠의 두개골 분쇄기를 인벤토리에 넣었다.

"얼굴을 보니 제법 어리군."

"모험가로군. 좋은 말로 할 때 그 장비들을 다시 꺼내지 말라고."

살벌한 경고를 하는 그들을 지나쳐 안쪽으로 들어온 카이가 주변을 훑었다.

'밀튼은 어디에 있지?'

총 2층으로 이루어진 도박장 이곳저곳을 돌아다녀 봤지만, 초상화로 몇 번이나 확인한 그의 얼굴은 보이지 않았다.

'아직까지 확인하지 못한 곳은 저기뿐인데…….'

카이는 2층 구석에 위치한 VIP 룸을 쳐다봤다. 경비원들이 지키고 있어 일반적인 방법으로는 들어가기 힘들어 보였다. 벽에 몸을 기댄 채 인상을 찌푸리고 있자, 그곳에서 나온 웨이터들이 카이의 앞을 지나갔다.

"이제 바로 안주 세팅해."

"예!"

"사장님과 중요한 손님들이 함께하신 자리다. 네가 아무리 신입이라고 해도 실수는 용납되지 않아."

"명심하겠습니다."

"매뉴얼 항상 들고 다니지? 모르는 거 있으면 거기 다 적혀 있으니까 참고하고."

"알겠습니다!"

'사장님……?'

그들의 대화를 엿들은 카이의 눈이 빛났다.

도박장을 운영하는 것은 밀튼이니, 사장님 소리를 들을 만한 사람도 그밖에는 없을 것이다.

'역시 VIP 룸에 있는 게 맞구나.'

카이는 한스라고 불린 웨이터의 뒤를 은밀히 쫓기 시작했다.

"안주 준비는 다 되어갑니까? 치킨이랑 오리고기, 연어 샐러드도 다섯 접시!"

주방에 들러 VIP 룸에 들어갈 안주의 진행 상황을 몇 번이고 확인한 한스는 숨을 돌렸다.

'후, 다행히 착착 진행되고 있어.'

이제 겨우 웨이터 석 달 차인 그는 아직까지 신입 취급을 받았다.

'드디어 VIP 룸 세팅을 해보는구나.'

오늘 일을 무사히 치르면 자신도 어엿한 한 명의 웨이터로 인정받을 수 있다. 그런데 긴장감 때문인지 계속 아래쪽에서 신호가 왔다.

'으윽, 또 나올 것 같네.'

한스는 곧장 화장실로 들어갔다.

"으아아…… 살 것 같다……."

시원한 기분으로 볼일을 마친 한스가 재빨리 몸을 돌렸다. 하지만 빨리 돌아가야 한다는 마음에 뒤를 보지 못했고, 누군가와 어깨를 부딪쳤다.

"이, 이런. 죄송……."

"죄송? 죄송하면 다야?"

한스는 앳된 얼굴의 손님을 쳐다보며 연신 고개를 숙였다.

'젠장. 나보다 어리게 생긴 놈이 손님이라고 생색은……'

몇 번 고개를 숙이면 끝날 것이라고 생각했는데, 남자의 표정은 더욱 살벌해졌다.

"너, 신입이야? 나 누군지 몰라?"

"예, 예……?"

한스가 선임에게 교육받은, VIP들의 얼굴을 떠올려 봤지만, 눈앞의 손님은 기억이 나지 않았다.

'VIP 중에 모험가도 있었던가? 어, 없었던 것 같은데……'

한스가 말을 못 하고 우물쭈물하자, 남자가 짜증 섞인 말투로 소리쳤다.

"이거 진짜 모르나 본데? 이게 빠져가지고…… 당장 매뉴얼 꺼내!"

호통 소리에 놀란 한스는 품속에 숨겨놨던 매뉴얼을 잽싸게 꺼냈다.

남자는 신경질적으로 이를 낚아채면서 말했다.

"여기에 보면 나에 대해서 잘 설명이 되어 있다고. 내가 이곳 사장님하고 어, 식사도 하고 어, 주사위도 굴리고 어, 다 했어 인마!"

"예, 예!"

한스가 잔뜩 굳은 자세로 대기하는 사이, 매뉴얼을 빼앗은 남자, 카이는 자신이 원하는 정보를 손에 넣었다.

'좋아. 역시 비밀 출입구가 있었어. 뒤가 구린 놈들이 다 그렇지 뭐. 이쪽이랑 연결되는구나.'

정보를 머릿속에 집어넣은 카이는 매뉴얼을 한스에게 돌려줬다.

카이가 아무 말 없이 매뉴얼을 돌려준 채 화장실을 나가려고 하자, 한스가 그를 불러 세웠다.

"저…… 그래서 성함이……?"

"아아."

카이는 귀찮다는 표정으로 등을 돌리더니 방긋 미소를 지었다.

"제가 술이 많이 취해서 실수했네요. 다른 도박장이랑 헷갈려서 죄송합니다!"

그 말을 끝으로 도망치듯 화장실을 빠져나갔다.

결국 화장실에 덩그러니 남은 한스는 멍청한 표정으로 중얼거렸다.

"대체 뭐야, 저 새끼. 별 정신 나간 녀석을 다 보겠네."

투덜거리며 화장실을 나온 한스에게, 그의 선임이 헐레벌떡 다가왔다.

"야, 인마. 여기서 뭐 해!"

"네? 지금 VIP 룸에 올릴 안주 준비가 다 끝나서……."

"지금 안주가 중요한 게 아니야. 지금 당장 VIP 손님들부터 대피시켜!"

"예? 그게 무슨……."

한스가 어벙한 표정을 지으며 반문하자, 선임이 답답하다는 표정으로 버럭 소리를 질렀다.

"이 덜떨어진 놈아, 언데드가 출몰했다. 나는 손님들 통제하고 돈 챙겨야 되니까 우선 VIP 손님들이랑 사장님부터 챙겨!"

"예에에? 아, 알겠습니다!"

화들짝 놀란 한스는 VIP 손님들을 모시기 위해 우선 2층으로 올라갔다.

"히, 히이익……!"

2층으로 올라가는 계단에서 본 장면은 그에게는 충격적이었다.

'어, 언데드다. 진짜 언데드야!'

여덟 마리의 언데드가 도박장의 물건을 닥치는 대로 부수는 중이었다.

"대, 대체 언데드가 왜 이곳에!"

"막아라, 절대 위층으로 올라가게 둬선 안 돼!"

도박장을 지키는 건달들이 소리를 꽥꽥 질러댔다.

하지만 그들도 언데드를 맞상대하기는 무서웠는지, 함부로 달려들지는 못했다.

'갑자기 언데드가 왜 이런 곳에?'

한스는 불똥이 자신에게 튀기 전에 VIP 룸의 문을 열었다.

"사장님, 지금 당장 대피하셔야 합니다!"

"뭐? 지금 한창 중요한 순간인데 뭔 개소리야? 그리고 밖은 또 왜 이렇게 소란스러워?"

파이프 담배를 물고 있던 밀튼이 인상을 험악하게 구기며 화를 냈다.

"언데드가 나타났습니다. 지금 당장 도망치셔야 합니다!"

"뭐가 나타나?"

밀튼이 고개를 갸웃거렸다.

'새파란 신입이 이런 미친 거짓말을 할 리는 없을 텐데…….'

그는 VIP 손님들의 눈치를 스윽 보더니 자리에서 일어났다.

"크흠, 잠시만 기다려 주시길."

한스를 끌고 방을 나선 밀튼은, 1층의 언데드들을 보고는 욕지거리를 내뱉었다.

"이런 미친, 진짜잖아!"

온몸에 소름이 돋은 그는 당장 자신의 돈 가방만 챙긴 채 VIP 고객들에게 돌아갔다.

그들은 하얗게 질린 밀튼의 안색과 더불어, 언데드가 나타났다는 한스의 설명에 껄껄 웃었다.

"언데드?"

"그게 대체 무슨 소리요?"

"껄껄, 이거 우리 사장님이 패가 말렸나 봅니다. 이상한 잔꾀를……."

하지만 그들도 1층에서 계속 무언가가 부서지는 소리와 비명이 들려오자 안색을 굳혔다.

"정말입니까?"

"못 믿겠으면 여기 남아서 확인하시오. 난 나갈 테니까. 스네이크 형제, 날 보호해라!"

"예, 사장님."

흑색, 백색의 양복을 입은 건장한 체구의 사내들이 밀튼을 밀착 호위했다. 그사이 밀튼은 방에 위치한 문을 통해 비밀 출입구로 들어갔다.

"언데드다, 진짜 언데드야!"

"젠장, 돈부터 챙겨!"

1층의 상황을 확인한 VIP들은 자신의 돈을 허겁지겁 챙긴 채 밀튼의 뒤를 따라나섰다.

뒷문으로 연결된 통로는 어두웠고, 쿰쿰한 냄새가 났으며 무엇보다 길었다.

10분가량 달린 VIP들이 숨을 헐떡거리며 물었다.

"허억, 허억! 이거 대체 어디까지 이어지는 거요?"

"곧 끝납니다."

그들의 질문에 꼬박꼬박 대꾸를 해주던 밀튼이 속으로 화를 삼켰다.

'젠장, 대체 어떤 미친놈이 도박장에 언데드를 풀어놓은 거지?'

탈출하는 데 성공만 한다면, 얼마를 들여서라도 범인을 꼭 찾아내 족치겠다고 생각했다.

'이제 이 문만 지나면 안전하다!'

밀튼이 살았다는 안도감을 느끼며 굳게 닫힌 문을 거칠게 열었다. 열린 문틈으로 밤의 차가운 공기가 들어왔고, 한 남자가 그들을 반갑게 맞이했다.

"왔어? 생각보다 조금 늦었네."

온몸을 감싼 칠흑의 경갑, 허리춤에 달린 허름한 검집. 그는 바로 카이였다.

'나 판 한번 제대로 짰네. 아주 칭찬해.'

뿌듯한 마음에 카이의 어깨와 콧대가 높이 높이 올라갔다.

당연한 말이지만 이 사달은 모두 카이의 작품이었다.

'도박장의 특성상 경비대는 언제든지 들이닥칠 수 있어. 당연히 몰래 몸을 빼내는 길이 하나쯤은 있겠지.'

어떻게 밀튼을 만날 수 있을지 고민을 하던 카이는, 발상을 전환했다.

'내가 들어갈 수 없다면, 저 녀석을 나오게 하면 되잖아?'

하지만 어지간한 방법으로는 그와 얼굴을 마주할 수 없을 터였다. 그래서 생각한 것이 소란을 피워서 밀튼을 비상 출입구로 도망치게 만드는 것이었다.

'작전명 너구리 굴 태우기.'

시나리오를 짠 카이에게 필요했던 건 비밀 출입구에 대한 정보뿐이었다. 그 정보가 매뉴얼에 적혀 있을 것이라는 카이의 예상은 멋지게 들어맞았고, 카이는 놀 언데드들을 소환해

도박장을 쑥대밭으로 만드는 한편, 본인은 유유히 도박장을 나와 비밀 통로의 출구에서 밀튼을 기다리고 있었던 것이다.

"설마…… 네놈이 내 영업장에 언데드를 풀어놓은 놈이냐?"

밀튼이 도끼눈을 뜨며 카이를 노려봤다.

딱히 그 사실을 부정할 생각이 없던 카이가 어깨를 으쓱거렸다.

"마음에 드나 모르겠네. 보다 보면 제법 귀여운데. 춤도 잘 추고."

"정신 나간 새끼가, 이곳의 하룻밤 수익이 얼마인 줄 알고!"

머리끝까지 화가 차오른 밀튼은 발로 땅을 쿵쿵 찍어댔다. 그 모습에 카이는 한숨을 푹 내쉬더니 고개를 절레절레 흔들었다.

"정신 나간 건 너고, 지금 하룻밤 수익 따위를 걱정할 때가 아닐 텐데……."

"시끄럽다. 어이, 저 새끼 당장 내 앞에 끌고 와!"

밀튼의 명령을 받은 스네이크 형제들이 목을 돌리며 앞으로 걸어 나왔다.

동생인 화이트 스네이크는 짧은 단도 두 개를 사용했고, 형인 블랙 스네이크는 장도 한 자루를 즐겨 사용했다.

스르릉.

그들이 살심을 품고 다가오자, 카이는 경매장에 구매한 노말 등급의 철검을 뽑았다. 깨달은 자의 롱소드는 레벨 제한 때문에 아직 사용할 수 없었기 때문이다.

현재 그의 철검은 고작 20실버짜리라서 빈말로도 상태가 좋다고는 할 수 없었다.

"미리 말해두지만, 나 검술 배운 지 얼마 안 돼서 봐주거나 그런 거는 못해."

"해치워!"

밀튼의 고함 소리와 동시에 사내들이 달려들었다.

카이는 침착하게 자세를 낮추며 후이 관장의 가르침을 되새김질했다.

'자세를 낮추고 시야를 넓혀라.'

'숨을 크게 쉬어라. 산소를 끊임없이 뇌에 공급해라. 전투가 벌어지기까지는 가슴으로, 전투가 시작되는 순간부터는 머리로 행동해라.'

'적의 무기를 보지 말고, 팔과 다리, 손목과 발목의 움직임을 주시해라. 적이 어떻게 움직일지에 대한 힌트가 그곳에 있다.'

'검을 뽑은 이상 망설이지 마라.'

'넌 허접이다. 검을 들고 있지만, 기본적으로 허약한 사제이기 때문이지. 그들과의 차이를 마음에 두지 말고, 너만의 장점을 내세워라.'

불과 일주일밖에 안 되는 짧은 가르침이었지만, 후이는 능력 있고 좋은 스승이었다.

그의 기본 훈련은 신체 스탯을 10 정도씩 상승시켜 줬고, 그것은 카이의 검술에서 기본기를 이루는 뼈대가 되었다.

'저들과 나의 차이.'

카이는 전사들처럼 힘 스탯이 높지도 않았고, 궁수나 도적들처럼 민첩이 높은 것도 아니었다. 아무리 그들과 검을 맞대며 싸운다 해도, 그들과 같은 방식으로 싸우는 건 불가능하다는 소리였다.

"나의 본질은 사제!"

그렇다면 자신만의 방법으로 싸움에 임해야 한다. 누군가의 뒤를 따라가서는 평생이 가도 그들을 추월할 수 없다.

"태양의 축복, 태양의 갑옷, 블레스, 빛의 방어막, 원기 회복의 샘!"

카이는 자신에게 버프를 거는 한편, 자신의 등 뒤에 샘을 설치했다. 그사이 두 자루의 단도를 사용하는 화이트 스네이크가 카이의 품으로 파고들었다.

'끝났다.'

그 모습을 목격한 밀튼과 블랙 스네이크가 긴장을 탁 놓았다. 여태껏 그들이 수도 없이 봐왔던 모습이었고, 여기서 이어지는 장면 역시 항상 똑같았다.

"죽어라!"

화이트 스네이크의 단도가 카이의 심장과 명치를 노리며 쇄도했다.

푸욱, 푹!

[급소를 공격당했습니다. 2,710의 대미지를 입었습니다.]

[급소를 공격당했습니다. 2,805의 대미지를 입었습니다.]

[늪 거미의 독에 의해 상태 이상 '중독'에 걸렸습니다.]

[1초마다 150의 피해를 입습니다.]

"큭, 이제 눈치챘나 보군. 이 단검에는 치명적인 독이 발라져 있다."

화이트 스네이크는 곧 비명을 지를 카이의 모습을 기대하며 혀로 입술을 핥았다. 하지만 카이는 그 와중에도 깊은 생각에 잠겨 있었다.

'나만의 전투 방법.'

압도적으로 강하지도, 압도적으로 빠르지도 않다. 하지만 그 누구보다 자신 있는 것은 있다.

'신성력과 체력.'

사제가 집중적으로 올리는 기본 스탯이었다. 그래서 현재 카이는 탱커 클래스 다음으로 체력이 높았다.

게다가 그의 무기는 그것만이 아니었다.

"햇살의 따스함."

[생명력이 회복됩니다. 모든 상태 이상 효과를 제거합니다.]

[5,515의 생명력을 회복합니다.]

[상태 이상 '중독'이 해제됩니다.]

전사와 기사들이 눈앞의 적을 모두 쓸어버리는 최강의 창이라면, 카이는 아무리 맞아도 죽지 않는 최강의 방패였다.

덥석!

벼락처럼 움직인 카이의 손이 화이트 스네이크의 손목을 잡았다.

중독당한 카이가 자신의 손목을 우악스럽게 쥐자, 화이트 스네이크는 크게 당황했다.

'뭐, 뭐지? 어떻게 중독된 몸으로 이런 움직임…… 가만, 이 녀석, 안색이 멀쩡하다!'

그 말은 중독되지 않았다는 소리였다.

또옥!

미지에 대한 공포 한 방울이 호수처럼 평온하던 화이트 스네이크의 마음에 떨어졌다. 그 자그마한 공포가 화이트 스네이크의 몸을 잠깐이나마 굼뜨게 만들었다.

카이는 그 기회를 놓치지 않고 반대편 손으로 철검을 휘둘렀다.

“크윽!”

철검이 화이트 스네이크의 심장을 찌르기 직전, 카이의 손을 뿌리친 그가 크게 뒤로 물러났다. 카이는 가만히 자신의 손바닥을 내려다보며 실수를 인정했다.

‘저 녀석들의 힘 스탯이 더 높아. 공격력과 속도로는 저들을 능가할 수 없어.’

그것이 중요한 순간에 결정적인 차이를 만들었다.

예전 같았으면 막막한 감정을 느끼며 한숨만 내쉬었을 터!

‘하지만 지금은 방법이 있지.’

카이는 곧장 인터페이스창을 켜 타이머를 설정했다.

“18초로 설정.”

[타이머가 18초로 설정되었습니다.]

[18, 17…….]

타이머가 흘러가기 시작한 순간, 카이가 자신의 첫 번째 유니크 스킬을 활성화했다.

“신성 폭발.”

시전과 동시에 그의 몸이 마치 이전에 대장간의 열기를 마주했을 때처럼 뜨거워지기 시작했다.

[모든 스탯이 30 상승합니다.]

온몸에선 힘이 넘쳐흘렀다.

"후우, 여름에는 사용 못 하겠는데?"

카이는 그 힘을 여유롭게 만끽하기보다, 적들의 상태부터 살폈다.

'내가 이 상태를 유지할 수 있는 건 길어야 15초야. 1초도 허투루 사용할 순 없어!'

철검을 단단히 쥔 카이의 신형이 번개처럼 앞으로 쏘아졌다.

"어엇? 이, 이 녀석 갑자기 움직임이……!"

카이의 검을 피해 크게 뒤로 물러나 있던 화이트 스네이크가 경악했다. 조금 전과는 완전히 다른 움직임을 보여주는 카이의 모습에 깜짝 놀란 것이다. 아까의 속도가 화살 같았다면, 지금은 마치 총알 같았다.

푸욱, 푸욱!

이번에야말로 화이트 스네이크의 심장을 꿰뚫어버린 카이의 철검!

"크아아악!"

그의 체력이 순식간에 뚝뚝 떨어지기 시작했다.

이를 보다 못한 블랙 스네이크가 앞으로 뛰쳐나왔다.

"이 미친 새끼가 감히 내 동생을!"

한 자루의 장도가 달빛을 머금고 카이의 목덜미를 찔러왔다. 검의 궤적을 물끄러미 응시하던 카이의 눈빛이 차갑게 내려앉았다.

'어차피 한 번, 두 번 피한다고 끝날 싸움이 아니야. 그렇다면……'

살을 주고 뼈를 취한다!

카이는 입술을 꾹 다문 채 블랙 스네이크의 검이 자신의 목을 찌르는 것을 지켜봤다.

푸욱!

[급소를 공격당했습니다. 3,518의 대미지를 입었습니다.]

고통은 심하지 않았다.

뭉툭한 볼펜 끝으로 살짝 누르는 정도의 감촉, 게임에서 칼에 찔린다고 진짜 고통을 느끼게 할 리 없었다.

'뭐, 뭐야. 이 공격을 안 피한다고……?'

오히려 공격을 성공시킨 블랙 스네이크가 크게 당황했다.

그들 형제는 뒷골목에서 살아남기 위해 잔혹하고 독해져야만 했다. 그것이 그들을 강하게 만들어주는 원동력이 되었고, 결국 뱀처럼 독하다고 하여 스네이크 형제라는 별명까지 붙을 정도였다.

'그런 우리보다 정신 나간 녀석이 있었을 줄이야!'

자신의 목에 검이 박히는데도 눈 하나 깜빡하지 않는 독종!

그건 자신이 절대적으로 안전하다는 확신이 있는 플레이어들조차 쉽게 할 수 없는 행동이었다.

갑작스러운 공격을 받았을 때 눈을 감는 것은, 훈련을 받지 않은 일반인이라면 누구나 본능적으로 하는 행동이니까.

"자, 이제 내 차례지?"

카이는 붙잡고 있던 화이트 스네이크의 손목을 놓아버렸다.

심장을 여러 차례 찔린 그는 비틀거리며 쓰러졌고, 카이는 자신의 목에 박힌 블랙 스네이크의 장도를 콱 움켜쥐었다.

"크윽!"

자신의 장도가 카이의 목과 손바닥에 붙잡혀 빠지질 않자, 블랙 스네이크가 검을 놓고 몸을 피하려 했다.

"어딜!"

번뜩!

카이의 철검이 벼락처럼 좌에서 우로 그어졌다.

"수평 베기!"

카이가 지난 일주일 동안 무려 8만 번씩 휘두른 노력의 산물!

별다른 기교는 없지만 깨끗하고 담백한 검격은 녀석의 목울대를 번개처럼 베고 지나갔다.

"커, 커르륵!"

갈라진 성대에서 핏줄기가 분수처럼 뿜어져 나왔다.

하지만 카이는 피가 쏟아지는 와중에도 눈 한 번 깜빡하지 않았다.

'다른 건 몰라도 고집 하나만큼은 둘째가라면 서럽겠구나!'

무려 후이 관장조차 인정한 카이의 고집!

카이는 뒤로 물러서는 블랙 스네이크에게 나아가며 그의 가슴에 고집스럽게 검을 찔러 넣었다.

푸욱!

"꺼허억…… 허으윽!"

녀석은 한 차례 부들부들 떨더니 앞으로 고꾸라졌다.

아직 생명력이 남아 있긴 했지만, 출혈 때문인지 빠른 속도로 줄어들고 있었다.

잠시 그의 모습을 응시하던 카이는 입술을 꾹 다물었다.

'검을 뽑은 이상, 망설이면 안 돼.'

자신은 약하기에 절대 누구를 봐줄 입장이 아니었다. 기회를 잡으면 적의 숨통을 확실히 끊어놓을 때까지, 목덜미를 물고 놓아줘서는 안 됐다.

"커허, 꺼억……."

블랙 스네이크의 입에서 까맣게 죽은 피들이 역류했다.

"이 녀석은 이제 끝났어."

카이는 고개를 돌려 화이트 스네이크를 노려봤다.

그는 비틀거리는 걸음으로 도망을 치는 중이었다.

"허, 제 형이 죽어가는데도 도망칠 생각뿐이냐."

고개를 절레절레 흔든 카이는 손을 뻗으며 입을 열었다.

"홀리 익스플로젼."

콰아아앙!

빛의 폭발와 함께 비상 출입구 벽이 그대로 무너져 내렸다. 돌덩이에 깔린 화이트 스네이크가 무사하지 못한 것은 당연했다.

전투의 끝을 알리는 소리가 들려왔다.

[흉악한 범죄자, 블랙 스네이크를 처치했습니다.]

[경험치 15,000을 획득합니다.]

[명성이 70 증가합니다.]

[범죄자를 처치했습니다. 선행 스탯이 1 상승합니다.]

[흉악한 범죄자, 화이트 스네이크를 처치했습니다.]

[경험치 14,500을 획득합니다.]

[명성이 65 증가합니다.]

[범죄자를 처치했습니다. 선행 스탯이 1 상승합니다.]

카이가 검을 들고 치른 첫 번째 전투였다.

빈말로도 깔끔하다고는 말할 수 없지만, 결과적으로 그는 승리했다.

[신성력이 부족하여 신성 폭발 스킬이 종료됩니다.]

[신성력이 모두 고갈되었습니다. 30% 이상이 될 때까지 모든 능력치가 10% 하락합니다.]

'이런 페널티도 있구나.'

다시 한번 느끼는 거지만 신성 폭발은 양날의 검이었다.

그야말로 하이리스크 하이리턴!

주는 것이 많은 만큼 신경 써야 할 부분도 많았다.

"그래도 효과는 끝내주니까 뭐……."

신성 폭발이 없었다면 스네이크 형제들을 이토록 쉽게 처리할 수는 없었을 것이다.

카이는 메시지창을 마저 확인했다.

'범죄자를 처치해도 선행 스탯이 오르는구나.'

선행 스탯을 올릴 수 있는 또 다른 방법을 발견한 것이다.

이것으로 카이는 알고 있는 선행 스탯을 올리는 방법이 총 세 가지가 되었다.

'하나는 곤경에 빠진 NPC의 퀘스트를 완료하는 것, 다른 하나는 NPC의 마음의 병을 치료해 주는 것, 그리고 마지막이 범죄자들을 처치하는 것. 이렇게 세 개야.'

지금은 알 수 없지만 이밖에도 더 많은 방법이 있을지도 모른다. 아직도 성장할 여지가 있다는 사실이 카이의 가슴을 뛰게 했다.

"아주 좋은 밤이야."

카이는 밀튼에게 성큼성큼 걸어갔다.

"오, 오지 마라……!"

밀튼이 버럭 소리를 질렀지만, 뒷걸음질을 치면서 말해봐야 전혀 위협이 되지 않았다.

"으아아악!"

"미, 미안하네. 밀튼 사장!"

한스와 VIP들이 비명을 지르며 그를 버리고 도망쳤지만, 카이는 그들을 내버려 두었다.

스윽.

밀튼의 목덜미에 피가 뚝뚝 흐르는 검을 들이대자, 밀튼의 눈동자가 눈에 띄게 흔들렸다.

"자, 우리 사장님. 제 발로 걸어가는 방법이 있고, 남의 발로 걸어가는 방법이 있는데, 어떻게 하시려나?"

"으으으……."

선택지는 두 개였지만, 밀튼이 고를 수 있는 건 하나뿐이었다.

"오오."

밀틀의 전신을 꽁꽁 묶어 아르센 남작에게 끌고 가자, 그는 만족스러운 미소를 지었다.

"이제 와서 이런 말을 하면 이상하겠지만…… 솔직히 사제의 몸으로 일을 이렇게 깔끔하게 처리할 것이라고는 예상치 못했네."

"운이 좋았습니다."

"운 또한 실력이라네. 특히 자네처럼 여러 장소를 떠돌아다니는 모험가라면, 운이야말로 그 무엇보다 든든한 힘이 되는 법이지."

아르센 남작은 기사들에게 밀튼을 감옥에 가두라고 명령한 뒤, 그의 재산을 영지로 귀속시켰다.

"자, 이 자리에서 확실하게 선언하겠네. 자네는 내가 내린 시험을 완벽하게 통과했어."

띠링!

[글렌데일의 치안 강화 퀘스트를 성공적으로 완료했습니다.]

[경험치 75,000을 획득합니다.]

[명성이 700 증가합니다.]

[레벨이 올랐습니다.]

[스탯 포인트를 5개 획득합니다.]

퀘스트 완료 보상을 확인하던 카이에게 아르센 남작이 물었다.

"그럼 약속했던 보상을 줄 차례로군. 던전에 대한 정보를 말해줄 수도 있고, 자네가 원하던 것처럼 내 개인적인 부탁을 의뢰할 수도 있네. 한번 골라보게."

"음……."

이 부분은 카이도 많은 고민을 했었다.

던전에 대한 정보를 선택하면, 자신이 그 던전을 클리어한 뒤 정보를 판매함으로써 일거양득의 효과를 올릴 수 있었다.

하지만 던전은 운이 좋으면 스스로 찾을 수도 있는 반면, 남작이 직접 내려주는 히든 퀘스트는 다른 경로로는 절대로 구할 수가 없었다.

그 사실만으로도 이미 답은 나온 셈이었다.

"저에게 남작님의 고민을 해결할 기회를 주십시오."

카이가 당당하게 자신의 보상을 요구하자, 아르센 남작은 흔쾌히 고개를 끄덕였다.

"좋네. 자네처럼 맡은 바 일에 책임을 다하고, 실력이 좋은 모험가에게는 걱정 없이 의뢰를 맡길 수 있지."

잠시 고민을 하던 그는 심각한 표정으로 운을 뗐다.

"사실 남들에게는 말하지 못했지만, 요즘 큰 걱정이 하나 있다네."

"경청하겠습니다."

지금부터는 아르센 남작이 흘리는 문장의 단어 하나, 토씨 하나라도 흘려들어선 안 된다. 그 모든 것이 퀘스트의 힌트가 되고 정보가 될 것이기 때문이다.

카이가 두 귀를 쫑긋 세웠다.

"조만간 기사들과 병사들, 모험가들까지 포함한 토벌대를 하나 꾸릴 예정이네."

"토벌대요?"

카이는 머릿속으로 하루도 빠짐없이 읽고 있는 게임의 기사 내용들이 떠올랐다.

'글렌데일의 토벌대라. 주변에 토벌대를 결성할 정도의 적은…… 없는데?'

하지만 아르센 남작이 아무런 이유 없이 토벌대를 만들지는 않을 터, 카이의 목소리가 더없이 진중해졌다.

"상대가 누구든 맡겨만 주십시오."

"껄껄, 믿음직스럽군. 혹시 오크족의 주술사에 대해 들어본 적이 있는가?"

"오크 주술사요……?"

카이가 고개를 갸웃거렸다. 오크란 본디 뇌까지 근육으로 똘똘 뭉친 전사 타입의 몬스터다. 그런 녀석들이 마법을 쓰는 모습은 상상이 되지 않았다.

'내가 아는 한 커뮤니티에 오크 주술사에 대한 정보는 한 번도 올라오지 않았어.'

카이가 고개를 흔들자, 아르센 남작이 설명을 덧붙였다.

"아주 오래전에 학회에 발표된 적이 있는 희귀 몬스터일세. 한데 이번에 글렌데일의 부근의 오크 부락 깊숙한 곳에서 오크 주술사로 추정되는 몬스터가 발견되었다네. 주변에 그런 녀석이 나타났으니 영주 된 입장에서는 신경이 안 쓰일 수가 없지."

"강한가 보네요?"

"끄응, 그걸 모르니 더욱 골치가 아픈 걸세."

아르센 남작이 답답하다는 표정으로 옅은 한숨을 내쉬었다.

"아니, 그걸 모른다니……. 최소한 그들을 목격한 이들이 있을 것 아닙니까?"

"오크 부락의 중심에 위치한 녀석을 처리하고자 병사들을 몇 번 보내봤지만, 먼발치에서 녀석의 얼굴만 겨우 본 채 모두 후퇴하더군. 오크 워리어와 히어로들이 첩첩산중으로 녀석을 지키고 있네. 게다가 앞에서도 말했듯이 녀석은 희귀 개체인지라 관련 논문들을 뒤져봐도 기록이 별로 없더군."

"그런……."

글렌데일 정도의 도시라면 병사라고 할지라도 레벨이 80은 넘는다. 그런 이들조차 쉽게 뚫지 못하는 오크들의 벽이라니?

생각보다 만만치 않은 놈의 등장에 카이의 표정이 굳었다.

"자네에게 정식으로 의뢰하도록 하겠네. 토벌대와 함께 오크 부락의 중심에 당도해, 오크 주술사를 처치해 주게."

띠링!

[오크 주술사 퇴치]

[난이도 : B-]

[설명 : 아르센 남작은 최근 나타난 오크 주술사 때문에 마음이 편할 날이 없습니다. 오크 주술사를 처치하여 아르센 남작의 근심을 없애고, 글렌데일 시민들의 안전을 지켜주십시오.]

[성공할 경우 : 유망주 칭호, 아르센 남작의 호감도 상승, 특별한 선물.]

[실패할 경우 : 아르센 남작의 호감도 하락.]

언을 수 있는 보상에 비해 페널티는 없는 수준이나 마찬가지였다.

'그리고 특별한 선물? 저건 또 뭐야?'

가끔 이렇게 정체불명의 보상을 추가적으로 주는 퀘스트가 있었다.

'이건 받기 전에는 모르지.'

그래도 무려 영주가 주는 선물이니 가치가 낮지는 않을 것이다.

카이는 짧게 고개를 숙이며 답했다.

"최선을 다하겠습니다."

"자네만 믿겠네. 아, 그리고 추가적으로 제안을 할 것이 있는데…… 혹시 토벌대에 참여할 모험가들을 이끌어주지 않겠는가?"

아르센 남작의 뜬금없는 제안에 카이가 눈만 깜빡거렸다.

나쁜 제안은 아니었지만, 통솔하는 것이 유저들이라는 게 마음에 걸렸다.

"혹시 토벌대에 모험가를 몇 명 정도 참여시킬 생각이신지 알 수 있나요?"

"흠. 깊게 생각해 본 적은 없지만…… 300명 정도가 될 것 같군."

"3, 300명이요?"

카이가 뜨악한 표정을 지었다.

'생각보다 토벌대 규모가 엄청 큰데?'

하긴, 조그마한 사냥터도 아닌 오크 부락을 토벌하는 것이니 규모가 클 법도 하다.

만약 카이가 모험가들을 이끌고 오크 주술사를 성공적으로 처치한다면, 그의 명성이 대폭 상승할 것이 분명했다.

'하지만 꼬이는 벌레들도 많아지겠지.'

오크 부락의 중심은 카이가 실력을 감추면서 여유롭게 사냥할 수 있는 곳이 절대 아니었다.

명성과 보상이 탐나긴 하지만, 지금 유저들의 눈에 띄어서 좋을 것도 없다. 정보란 숨기면 숨길수록, 손에 틀어쥔 채 풀지 않을수록 그 가치가 상승하기 때문이다.

'토벌대에 속해서 사냥을 하다 보면 나도 모르게 직업 기술을 써야 할 때가 올 수도 있어. 그렇게 된다면 다른 유저들이 의구심을 갖기 시작하겠지.'

카이의 입장에서는 절대 반길 수 없는, 무엇보다 피해야 하는 상황이었다.

'현시점에서 나에 대한 정보의 가치는 미드 온라인에서 가장 크다고 할 수 있으니까.'

이유는 그가 유일무이한 신화 등급 직업의 플레이어이기 때문이다.

'터뜨리는 건 조금 더 나중이 되어야 해. 힘을 좀 더 키우고, 스스로를 지킬 수 있다는 자신이 생겼을 때.'

그때야말로 카이가 태양의 사제로서 유저들 앞에 당당히 모습을 드러내는 순간이 될 것이다.

"죄송합니다. 아무래도 지금의 저에게는 너무 과분한 자리인 것 같습니다."

"흠. 딱히 그렇게 생각하지는 않지만…… 본인이 그렇다면 굳이 강요할 생각은 없네."

한국인이라면 못 해도 세 번은 물어보는 법이거늘!

아르센 남작은 라시온 왕국인인지라 그런 것이 없었다.

'물론 나는 전면에 드러날 생각이 없지만, 이 기회를 다른 유저에게 줄 수는 없는 법이지.'

그야말로 고약한 심보긴 하지만 본래 자신의 것이었어야 할 것을 남이 가지면 더욱 배가 아픈 법이었다.

카이는 고민 끝에 조심스럽게 입을 열었다.

12장
거미의 숲

"남작님. 혹시…… 제가 거절한 통솔자의 자리는 어떻게 될지 알 수 있겠습니까?"

"음? 아마 토벌대에 가입 신청을 한 모험가 중에서 명성이 높은 자를 앉히게 되지 않을까 싶은데…… 다른 의견이라도 있는가?"

"제 생각에는 토벌대의 대장이 모험가들의 통솔도 병행하는 것이 나은 것 같습니다."

"이유가 뭔가?"

아르센 남작이 눈을 깜빡이며 물었다.

자신이 꺼낼 말을 두 번, 세 번 생각한 카이는 머릿속에서 완성된 문장을 입에 담았다.

"이 토벌대의 주체는 어디까지나 글렌데일이지요. 하지만 아시다시피 모험가들은 대부분 성장에 목말라 하는 이들입니다. 그들이 자체적으로 통솔권을 쥐게 된다면, 공헌도를 높이기 위해 무리할 가능성이 높습니다."

"흐음, 모험가들의 탐욕이야 익히 알고는 있지…… 그러니 아예 토벌대장으로 하여금 그들의 고삐를 강력하게 쥐어라?"

"물론 아르센 남작님이 판단하실 문제입니다."

"으으음……."

잠시 고민을 하던 아르센 남작은 흔쾌히 고개를 끄덕였다.

"듣고 보니 괜찮은 것 같네. 모험가들은 모험가들이 잘 알 거라고 생각해서 그들에게 어느 정도의 통솔권을 넘겨줄 생각이었는데…… 확실히 내 병사들의 목숨이 달려 있는 만큼, 어디로 튈지 모르는 모험가들은 철저히 통제하는 것이 좋을 것 같아. 대신에."

"대신에……?"

"자네는 토벌대장의 옆에서 어느 정도 조언을 해줘야 하네. 아무래도 우리는 모험가들을 완벽하게 이해하지 못하니까 말일세."

"그 정도라면…… 물론입니다."

카이의 안색이 밝아지며 얼굴에 미소가 떠올랐다. 그가 원하던 것을 얻었을 때 자주 나오는 표정이었다.

'내가 원하던 상황이다. 눈에 띄지는 않지만, 내 재량껏 활

약할 수 있어.'

그뿐만이 아니었다. 만약 그가 토벌대장과 친해질 수 있다면, 이런저런 편의를 받을 수 있을 터였다.

"하지만 명심하게. 내 수하들이지만, 기사들의 자존심은 높아. 만약 자네가 사사건건 참견하면 그들의 화를 불러일으킬 걸세."

"명심하겠습니다."

카이가 여러모로 뻔뻔한 건 사실이었지만, 기사들에게 감놔라 배 놔라 할 정도로 간이 크지는 않았다.

'글렌데일 쪽의 기사들이면 레벨이 최소 120은 될 텐데, 내가 어떻게 까불어?'

기사들이 까불어달라고 떠밀어도 거절해야 할 상황이었다.

누울 자리도 방구석 넓이를 봐가면서 다리를 뻗어야 하는 법!

카이는 자신의 편의를 봐준 남작에게 진심으로 감사의 인사를 올렸다.

"무리한 부탁을 들어주셔서 감사합니다."

"아닐세, 나야말로 부탁하지. 부디 오크 주술사를 꼭 처치해 주게."

아르센 남작이 자리에서 일어나 카이의 어깨를 두드렸다.

"토벌대는 오늘로부터 한 달 후 출정할 예정이네. 모험가들을 영입하는 건 대략 3주 정도 후겠군."

"3주……."

일정은 카이의 생각보다 훨씬 여유로웠다.

"자네는 그때까지 조금 더 성장을 해두는 편이 좋겠군. 다시 한번 말하지만, 오크 주술사를 처치하는 건 결코 쉬운 일이 아닐세. 녀석을 지키는 오크 워리어와 오크 히어로들부터 뚫어야 할 테니까."

"명심하겠습니다. 토벌대가 결성되는 날까지 실력을 키워야겠군요."

"충고를 하자면 오크들과의 전투를 미리 경험해 놓는 것이 좋을 걸세."

말을 마친 아르센 남작이 흐뭇한 미소를 지었다. 현실에 안주하지 않고 끊임없이 노력하는 카이가 마음에 들었기 때문이다.

던전을 공략하기 위해서는 많은 준비를 해야 한다. 작게는 포션이나 장비 수리 킷부터 시작해서, 크게는 믿을 수 있는 동료들과 높은 등급의 아이템들까지.

하지만 모든 것들을 통틀어 가장 중요한 것은 정보였다.

'흐음, 하녹스의 시련에 대한 정보가 없네.'

카이는 시간이 날 때마다 커뮤니티 사이트를 열심히 뒤져봤지만, 아쉽게도 건질 만한 정보는 없었다.

'이대로는 곤란해.'

던전은 온갖 위험 요소로 가득 차 있는 미지의 영역이다. 어떤 것을 준비하느냐의 조그마한 차이가 던전 공략의 성공 여부를 결정짓는 경우도 있었다.

'돈을 써야 한다는 점이 아쉽긴 하지만, 이런 경우에 쓸 만한 방법이 하나 있지.'

카이가 발걸음이 향한 곳은 글렌데일의 도서관이었다. 돈이 더 많았다면 정보 길드로 향했겠지만, 고생은 더 하더라도 이쪽이 훨씬 더 싸게 먹혔다.

도서관에 들어가자 안내 데스크의 직원이 방긋방긋 웃으며 밝게 인사를 건넸다.

"어서 오십시오. 1층을 이용하실 예정인가요?"

"2층까지 둘러보겠습니다."

인벤토리에서 주저 없이 골드를 꺼낸 카이가 말했다.

도시마다 존재하는 도서관의 1층은 무료로 개방되지만 2층은 아니었다.

'2층에 있는 책들의 가치가 훨씬 높기 때문이지.'

2층은 열람하는데 무려 1골드나 내야 했다. 얼핏 보면 비싸다고 생각할지도 모르나, 지식의 보고(寶庫)라 불리는 곳의 정보를 자유롭게 이용할 수 있다고 생각하면 오히려 싸다고 생각될 정도다.

'1층에는 역시 사람이 많구나.'

1층에는 많은 수의 NPC와 모험가들이 책상에 책을 쌓아놓고 독서 중이거나 돌아다니면서 자신이 원하는 책을 찾고 있었다.

카이는 곧장 1층의 데스크를 지키고 있는 여자 사서에게 다가갔다.

"혹시 하녹스에 관련된 책자가 있습니까?"

"하녹스요? 처음 들어보는데……. 잠시만 기다려 보세요."

고개를 갸웃거린 그녀는 책상 위의 마법 수정구를 조작해 뭔가를 입력했다. 잠시 마법 수정구를 이리저리 돌려보던 그녀가 탄성을 질렀다.

"아앗…… 찾았어요. 찾으시는 정보가 고대 도시 하녹스, 맞지요?"

"네, 아마도요."

카이가 미소를 지었다. 커뮤니티에서조차 찾을 수 없던 정보의 실마리를 드디어 잡았기 때문이다.

게임에서는 아이템 이름 앞에 '고대'라는 수식어가 붙으면 자연스럽게 값어치가 높아진다.

하녹스가 고대 도시라는 것을 알게 된 카이는 흥분을 감추지 못한 채 말을 이었다.

"관련 책자는 어디서 찾아볼 수 있습니까?"

"죄송하지만 이와 관련된 책자는 2층으로 올라가셔야 해요."

예상대로였다. 카이는 당황하지 않고 1골드를 지불하고 구매했던 입장 티켓을 건넸다.

"아! 이미 2층 열람권을 구매하셨군요. 그럼 절 따라오세요."

사서는 곧장 카이를 이끌고 2층으로 향했다.

병사들이 계단을 지키고 있었으나, 열람권을 지닌 카이는 여유롭게 통과할 수 있었다.

'이곳이 도서관의 2층인가.'

카이도 그 존재를 일찌감치 알고만 있었을 뿐, 직접 와본 것은 처음이었다.

그도 그럴 것이 지금까지 도서관을 찾을 만큼 정보가 필요했던 적이 없었기 때문이다.

'놀의 무덤은 예기치 못하게 입장해서 준비할 시간이 없었기도 하고.'

2층은 1층에 비해 압도적으로 수가 줄었지만, 여전히 NPC

와 플레이어들이 몇 있었다. 그들은 새롭게 2층으로 올라온 카이를 흘깃 쳐다보고는, 다시 책으로 고개를 돌렸다.

'마치 고등학교 시절에 다니던 독서실 같네.'

타인에게는 절대 3초 이상 관심을 갖지 않는 삭막한 공간!

"이쪽으로 오세요."

사서는 먼지 덮인 냄새가 나는 선반 쪽으로 카이를 이끌었다.

"으음…… 분명히 『대륙의 사라진 문명들』이랑 『고대 전사의 길』이 이쯤에 있었을 텐데……."

잠시 선반을 뒤적거리던 그녀는 짤막한 탄성을 터뜨리더니, 사다리를 타고 위로 올라가 두 권의 책을 뽑아왔다.

"쿨럭, 쿨럭…… 아우 먼지야. 여기 있어요."

책을 받아 든 카이는 먼지를 툭툭 털어내는 사서에게 고개를 숙였다.

"감사합니다."

"헤헤, 뭘요."

"……."

짤막한 대꾸를 한 사서는 자리를 떠나지 않고 카이를 빤히 바라봤다. 그러면서 뭔가를 원하는 듯 손가락을 꼼지락거리고 있었다.

'아, 수고비.'

그 의미를 알아챈 카이는 곧장 5실버를 꺼내 그녀에게 건넸다.

“헤헤, 감사합니다!”

그제야 밝게 웃은 사서가 자리를 떠나려 하자, 카이가 그녀의 소매를 급히 붙잡았다.

“왜 그러세요?”

5실버를 꼬옥 끌어당기며 경계의 빛을 띄우는 사서 소녀에게 양손을 들어 위해를 가할 생각이 없다는 제스처를 취하며 입을 열었다.

“실례지만, 혹시 밤에 잠을 잘 못 주무시지 않으세요?”

“앗…… 그걸 어떻게……?”

그녀는 눈을 동그랗게 뜨며 고개를 끄덕였다. 카이의 말대로, 요즘 들어 심해진 불면증 때문에 밤잠을 설치는 것이 일쑤였기 때문이다.

“딱 보면 아는 거죠, 뭐. 다크서클이 짙으니 피로가 제대로 풀리지 않았을 테고, 눈도 퀭하니 자다가도 여러 번 깰 것 같고.”

“마, 맞아요. 원래부터 불면증이 있었는데, 요즘은 과로 때문에 증상이 더 심해졌어요.”

사서가 울적한 표정으로 푸념을 늘어놓았다.

이에 모든 것을 이해한다는 표정으로 사서를 위로하는 카이!

프리카의 마을 주민들을 치료해 주며 습득한, 사기꾼 같은 말발이 발휘되는 순간이었다.

'물론 증상은 때려 맞춘 거지만.'

그녀의 얼굴을 보면 피곤해 절어 있다는 건 굳이 카이가 아니더라도 누구나 알 수 있는 사실이었지만, 그걸 전문가답게 포장하는 기술이야말로 카이가 프리카에서 얻은 커다란 수확 중 하나였다.

"흐음…… 원래 이런 건 잘 안 해드리는 건데……."

주변을 슬쩍 둘러본 카이가 손을 슬쩍 들어 올렸다.

"햇살의 따스함, 블레스."

회복과 동시에 모든 상태 이상을 해제해 주는 최상급 치료 스킬과 일시적으로 모든 스탯이 상승하는 블레스까지 걸어주자, 그녀의 얼굴은 밝다 못해 보톡스라도 맞은 것처럼 빵빵해졌다.

"이건……?"

"일단 거울부터 보시죠."

고개를 갸웃거리며 카이가 내민 거울을 받아들인 그녀가 감탄했다.

"어, 어머! 피부 좀 봐……. 요즘 피부가 퍼석해 보였는데……."

거울을 뚫어지게 쳐다보며 미소를 짓는 사서!

카이는 뒷짐을 진 채 헛기침을 삼켰다.

"크흐흠. 자비로운 태양신께서는 곤경에 빠진 사람들을 도우라고 하셨지요."

"아앗, 태양교의 사제분이셨군요?"

카이는 아무 말 없이 태양교의 사제를 의미하는 목걸이를 슬쩍 꺼내 흔들어 보였다.

이를 확인한 사서가 손뼉을 치며 기뻐했다.

"어머, 정말이네요. 태양교의 사제님에게 축복을 받으면 피부가 좋아진다는 말이 사실이었어!"

그녀가 무언가를 깨달은 듯, 주머니를 뒤지더니 5실버를 도로 꺼냈다.

"태양교의 사제분에게까지 수고비를 받을 수는 없어요. 부디 도로 가져가 주세요."

"허허, 그럴 수는 없습니다."

"하지만 제 마음이 편하지가 않아서……."

"그렇군요. 그렇다면 감사히 받겠습니다."

"……."

두 번 거절은 하지 않는 카이!

잠시 미묘한 표정을 짓던 사서는 고개를 숙이더니 1층으로 내려갔다. 그 모습을 지켜보던 카이는 시끄럽지 않게 조용히 혼자서 춤을 췄다.

'태양신 만세!'

사실 카이가 뜬금없이 그녀를 치료해 준 것은 오늘 아침 커뮤니티에서 신기한 글을 봤기 때문이었다.

[제목 : 요리사 클래스의 유저입니다. 꿀팁 공개합니다.]

[내용 : 현재 바덴 성에서 조그마한 양식 레스토랑을 운영 중인 유저입니다. 아무래도 가장 잘 팔리는 메뉴가 레드 보어의 스테이크이다 보니 신선한 재료를 구매하기 위해 주마다 한 번 근처의 보어 사냥터에서 고기를 구매합니다. 그리고 아시는 분은 아시겠지만, 바덴 성은 통행세만 50실버를 받는 곳이지요. 사실 어떻게 보면 그 병사분들이 현실의 경찰과 같은 존재이지 않습니까? 고마운 마음이 들어 유통기한이 얼마 안 남은 음식들은 성문을 통과할 때 한 번 준 적이 있어요. 그런데 오늘 아침 성문을 통과하려는데 병사가 통행세를 받지 않더군요. 아마도 요리를 줬더니 NPC의 호감도가 오른 것 같습니다. 생산직 클래스의 유저시라면 이런 식으로 본인이 만든 작품이나 요리 등을 통해 통행세 면제를 받는 것도 가능할 것 같습니다.]

-오, 나름 꿀팁인데?

ㄴ전 화가인데, 제 그림을 받은 경비대장이 맨날 술 먹자고 하더군요. 저만 아는 팁인 줄 알았는데…….

ㄴ그런 건 같이 공유 좀 합시다.

ㄴ거짓말 아닌가요? 저도 성문 지나갈 때마다 병사들한테 요리를

주는데, 오히려 통행세가 늘어나던데요?

└그건 님이 요리를 더럽게 못해서 그런 듯.

└얼마나 맛 없으면ㅋㅋㅋ 안 쫓아낸 병사가 보살급이네.

'호오……'

그 글을 봤던 카이로서는, 혹시 힐이나 축복으로도 비슷한 일을 할 수 있는지가 궁금했었다.

'결과는 대성공, 이건 제법 유용하겠어.'

환한 미소를 지은 카이는 적당한 책상 하나에 앉아 책을 읽기 시작했다.

"어디 보자…… 그럼 우선 『대륙의 사라진 문명들』부터 읽어볼까."

카이는 조용히 독서를 시작했다. 역시 도서관이라 그런지, 주변에서는 책장을 넘기는 소리만이 조용히 맴돌았다.

카이는 책을 편 지 2시간 만에 『대륙의 사라진 문명들』를 모두 읽었다. 이 기세로 공부를 했다면 수능 만점도 문제없을 정도의 집중력!

'이 책에는 내가 원하는 정보가 없어.'

분명 책의 내용 중에는 하녹스라는 고대 도시의 정보가 수록되어 있었지만, 단순한 정보들만이 나열되어 있었다.

'이 책에 따르면 하녹스는 고대 시대에 용맹한 전사들을 최

고로 치던 부족 형식의 도시야.'

모든 것이 힘으로 귀결되는 약육강식의 도시!

대체 성기사인 패트릭이 왜 그런 야만적인 도시의 시련을 후대에 남긴 것일까?

카이는 그 궁금증을 『고대 전사의 길』이 풀어주기를 간절히 바랐다.

사라락.

다시 이어지는 책장을 넘기는 소리. 카이는 담담한 눈빛으로 책을 구석까지 꼼꼼하게 읽었다.

'찾았다!'

시간이 제법 흘러 허리가 아파오던 찰나, 하녹스라는 단어가 눈에 들어왔다.

[하녹스는 고대 전사들로 이루어진 고대의 도시이다. 이곳의 주민들은 강함을 최고의 덕목으로 여겼으며, 아이가 성인이 되면 시련의 장이라는 곳에 보내어…….]

글을 읽던 카이의 눈이 그 자리에서 우뚝 멈췄다.

'시련!'

자신이 애타게 찾고 있던 정보가 이 책에 있었던 것이다.

마음이 급해진 카이는 책을 읽는 속도를 조금 더 높였다.

[고대 서적에 따르면 시련의 장은 강인한 전사를 시험하는 장소이다. 이곳을 통과하려면 완성된 전사의 필수 요소인 용기와 지혜, 힘이 필요하다. 세 가지 중 하나만 부족하더라도 시련을 통과할 수 없으며, 시험을 통과 못 한 아이는 자랑스러운 전사로 인정받지 못하고 도시의 자질구레한 일을 처리하는 잡부가 되었다…….]

이후로 책을 조금 더 읽던 카이는 책을 덮었다. 하녹스의 시련에 대한 자세한 정보가 끝났기 때문이다.

'비록 시련을 공략할 방법은 쓰여 있지 않았지만, 이 정도면 충분해.'

던전에 대한 정보는 충분히 얻었으니, 이제 남은 것은 레벨을 올리는 것뿐이었다.

'겸사겸사 신성 폭발의 감각도 조금 더 익숙해져야 하고.'

스네이크 형제들을 상대할 때처럼 성력이 고갈되는 일을 또 겪을 순 없었다.

생각을 정리한 카이는 미련 없이 도서관을 나왔다. 비록 반나절 만에 1골드라는 거금이 깨졌지만, 수확은 차고도 넘쳤다.

"자, 이 도시에는 어떤 퀘스트들이 있을까요."

글렌데일의 중앙 광장에 도착한 카이는 퀘스트 게시판을 뒤적거렸다. 오크 부락에서 사냥을 하면서 병행할 퀘스트를 찾기 위함이었다.

"이건 레벨이 60 이상이니까 패스. 이건…… 힘이 140 이상인 모험가만? 조건들이 전부 까다롭네."

머리를 벅벅 긁은 카이가 자신의 스탯창을 확인했다.

[카이]

[직업 : 태양의 사제]

[레벨 : 56]

[칭호 : 신의 대리자]

[생명력 : 16,000]

[신성력 : 22,800]

[능력치]

힘 : 77 / 체력 : 160

지능 : 68 / 민첩 : 77

신성 : 228 / 선행 : 38

남은 스탯 : 50

캐스팅 시간 30% 감소

스킬 쿨타임 9% 감소

받는 대미지 3% 감소

어느새 모아놓은 스탯만 무려 50개!

카이는 그 수치를 볼 때마다 적금을 들어놓은 것처럼 든든했다.

'일단 토벌대가 결성되기 전까지의 목표는 두 가지.'

하나는 60레벨을 찍어 '깨달은 자의 롱소드'의 장착 조건을 충족시키는 것이었고, 또 하나는 '하녹스의 시련' 퀘스트를 공략하는 것이었다.

'음, 생각보다 할 만한 퀘스트가 별로 없네. 도시라서 그런지 퀘스트가 금방금방 나가는 느낌이야.'

좋은 조건의 퀘스트가 쉽게 보이지 않자 카이가 답답한 한숨을 내쉬었다.

그때, 노파 하나가 그를 지나쳐 게시판에 새로운 종이를 정성스럽게 붙였다.

'새로운 퀘스트다.'

그 장면을 목격한 주변의 유저들이 눈을 빛내며 퀘스트를 확인했다.

"에이, 뭐야."

"쯧."

"하아."

하지만 내용을 확인하는 즉시 혀를 차며 다른 곳으로 이동하는 유저들!

카이는 그들의 행동을 보고 퀘스트의 내용을 짐작했다.

'보상이 안 좋나 보네.'

퀘스트라는 건 병행을 할 수 있기 때문에, 보상이 크게 나쁘지 않으면 웬만해서는 수락을 하는 편이었다.

'그러니 저 유저들이 전부 외면했다는 건 보상이 안 좋다는 뜻이겠지.'

카이는 노파가 붙인 종이로 다가가 내용을 확인했다.

[실종된 손자]

[난이도 : C-]

[글렌데일의 주민인 데바의 손자 로디는 장래희망이 용병인 소년입니다. 그는 항상 밝고 씩씩했지만, 며칠 전 용병이었던 부모님이 거미의 숲에서 실종되자 큰 충격을 받았습니다. 그는 부모님을 찾겠다며 낡은 철검 한 자루만을 움켜쥔 채 거미의 숲으로 떠났지만, 나흘째 돌아오지 않고 있습니다. 거미의 숲에서 로디와 그의 부모님을 수색하십시오.

로디와 그 부모님의 생존 유무를 확인해야 합니다. 살아 있다

면 그들을 구출하고, 만약 그들이 죽었다면 그들의 유품을 데바에게 가져다줘야 합니다.]

[성공했을 경우 : 데바의 오래된 동화책, 23실버]

"역시."

보상 부분의 메리트가 확실히 떨어졌다.

거미의 숲은 단순한 사냥터가 아니라, 오크 부락과도 연결되는 거대한 지역이다. 그곳에서 실종된 사람을 찾는다는 건 그야말로 하늘의 별 따기에 가까웠다. 그만한 노력을 하는 것에 비해 보상은 빈약하다 못해 없다고 생각해도 될 지경이었다.

'하지만…….'

카이는 슬쩍 고개를 돌려 퀘스트를 등록한 노파, 데바를 살펴봤다.

퀘스트를 게시판에 올렸으면 돌아가도 될 법한데, 그녀는 제자리에서 발발 동동 구르며 자신의 의뢰를 지나치는 모험가들을 슬픈 눈으로 쳐다보는 중이었다.

"아, 근데 진짜 안 되는데."

벅벅.

카이가 골치 아프다는 표정으로 옆머리를 긁었다.

'레벨 업도 해야 되고, 오크 부락에서 실전 경험도 쌓아야

돼. 그리고 하녹스의 시련까지 공략하려면 몸이 두 개여도 모자라. 아쉽지만 이건…… 포기하자.'

마음을 굳힌 카이는 다른 퀘스트를 찾기 위해 몸을 돌렸다.

그 순간, 뒤쪽에서 웃음소리가 터져 나왔다.

"야야, 이거 봐라?"

"뭔데?"

"이 개 쓰레기 같은 퀘스트는 뭐냐?"

"헐, 진짜네. NPC 양심 어디?"

"보상이 23실버, 그리고 구닥다리 책 한 권이야. 어지간히 양심이 없어야지."

"야, 이런 건 이렇게 해야 제맛이지."

북북!

퀘스트 종이를 떼어낸 뒤 이를 찢어버리는 유저들!

그들은 낄낄거리며 허공을 터치했다.

"그리고 퀘스트 포기를 누르면…… 짠, 쓰레기 퀘스트 완벽하게 청소!"

"크으, 역시 머리가 좋다니까."

"엣헴, 유저들 생각해 주는 건 우리밖에 없어요."

"그렇지, 그렇지. 우리 같이 선량한 사람들 때문에 다른 유저들이 저런 쓰레기 퀘스트를 자동적으로 거를 수 있잖아."

"아마 저 퀘스트 등록한 NPC는 자기 퀘스트가 이렇게 허무하게 사라졌다는 걸 꿈에도 모를걸?"

"그게 또 재밌는 부분이지, 크크큭."

그 장면을 목격한 카이의 주먹이 부르르 떨렸다.

비단 카이뿐만 아니라, 주변에 있던 다른 유저들도 모두 눈살을 찌푸렸다. 하지만 그들에게 함부로 시비는 거는 이들은 없었다.

'장비를 보니 레벨이 제법 높아 보이는데.'

'가슴팍에 길드 마크도 박혀 있고…….'

'괜히 엮이면 피곤해지겠어.'

이내 아무 일도 없었다는 것처럼 자신의 할 일을 하는 유저들!

하지만 그런 그들에게 다가가는 사람이 있었다.

"제 손자…… 제 손자 로디와 제 아들, 며느리를 좀 찾아주세요…… 제발 부탁드립니다, 모험가님들."

그들이 의뢰를 수락했다고 착각한 데바는 그들에게 연신 고개를 숙이며 부탁했다. 이에 퀘스트를 포기한 유저들이 서로 눈빛을 교환하고는 또 한바탕 웃었다.

"크하하하, 야, 이 할머니가 퀘스트 등록 했나 본대?"

"우리가 퀘스트 받았다고 착각하는 거 아니야?"

"할매요. 보상이 그렇게 거지 같으면 아무도 퀘스트를 수락 안 해요. 저희 덕분에 늘그막에 하나 배운 줄 아세요."

절실한 그녀를 조롱하는 세 사람!

뒤늦게 당했다는 것을 깨달은 데바는 힘이 쭉 빠진 표정으로 고개를 푹 숙여 땅만 쳐다봤다.

그 모습을 보다 못한 카이가 크게 소리쳤다.

"저런, 싸가지……!"

"뭐 하냐?"

싸가지 삼인방의 곁으로 몇 명의 유저들이 우르르 몰려들었다. 게다가 그들의 가슴팍에는 놈들과 똑같이 생긴 길드 마크까지 박고 있었다.

카이의 입이 물 흐르듯 자연스럽게 닫혀졌다.

"아, 길마 왔어? 아, 쓰레기 퀘스트 청소하고 있었지. 늘 하던 거."

"적당히 해, 새끼야. 길드 이미지라는 것도 있으니까."

선두에 서 있는 키 큰 남자가 짜증 난다는 표정으로 말하자, 싸가지 삼인방이 굽실거렸다.

"헤헤, 알았다고."

"길마 말씀인데 들어야지."

"그나저나……."

삼인방 중 한 명이 웃으면서 앞으로 걸어나왔다.

"너, 방금 우리한테 싸가지가 어쩌고 하지 않았냐?"

"……."

카이는 침착하게 실눈을 뜨며 그들의 머릿수를 파악했다.

'총 6명.'

지금의 카이는 죽었다 깨어나도 이길 수 없는 숫자였다. 하지만 카이는 전혀 겁먹지 않은 표정으로 천천히 입을 열었다.

"이런, 남은 음식을 미처 싸가지 못한 손님의 뒤를 쫓고 있었는데…… 그게 그렇게 들렸나요?"

"……."

차가운 침묵이 내려앉은 광장!

하지만 잠시 후, 싸가지 삼인방이 폭소를 터뜨렸다.

"으하하하하, 이 새끼, 재미있는데?"

"크크큭, 안쓰러워서 한번 봐준다!"

싸가지들은 카이의 어깨를 툭툭 치면서 그대로 지나갔다.

부들부들!

온몸으로 굴욕을 표현해 낸 카이는 멀리 떠나가는 그들을 바라보다가 옆에 있는 유저 하나를 붙잡았다.

"저기요, 혹시 저 길드 이름이 뭔지 아세요?"

"흐음, 붉은색 주먹이라…… 붉은 주먹이네요."

"붉은 주먹이요?"

"네, 길드원이 저기 있는 6명이 전부예요. 그런데 소문이 좀…… 많이 안 좋으니 웬만하면 엮이지 마세요."

고개를 갸웃거린 카이가 재차 질문했다.

"혹시 붉은 노을 길드랑 무슨 관련이 있나요?"

"예? 붉은 노을 길드라는 곳도 있어요?"

"……."

단순한 우연의 일치인가?

카이는 친절히 설명해 준 유저에게 감사의 인사를 건넨 뒤, 이마를 짚었다.

'길드 이름 앞에 붉은 자만 붙이면 다 저렇게 되는 건가? 아니면 싸가지 없는 놈들끼리는 뭔가 통하는 거라도 있나?'

카이는 언젠가 길드에 가입하는 일이 있더라도, 절대 '붉은'이라는 단어가 들어간 길드에는 들어가지 않겠다고 다짐했다.

'붉은 주먹이라 이거지.'

은혜는 배로 갚고, 원수는 생각이 날 때마다 이자까지 쳐서 갚는 것이 카이의 지론!

붉은 주먹 길드의 존재가 그의 머릿속에 단단히 각인되었다.

"아이구, 아이구……."

그런 카이의 눈에 바닥에 쭈그려 앉아 찢어진 종이들을 줍는 데바가 보였다.

"아, 진짜 안 되는데……."

그 모습을 쳐다보던 카이가 피곤한 표정을 짓더니 한숨을 푹 내쉬었다.

'그래, 내 팔자가 어디 가겠냐.'

[퀘스트를 수락했습니다.]

"정말 고마우이, 정말……."

"감사 인사는 손자분 찾아오면 그때 받을게요."

결국 퀘스트를 받아들인 카이는 그녀의 손자에 대한 기본적인 정보를 들을 수 있었다.

'나이는 14살. 녀석의 부모님이 조사한다고 떠난 장소는 거미의 숲 중앙 부근인가.'

그것만으로도 수색 범위가 크게 줄어든 것이 다행이라면 다행이었다. 미니맵을 보고 자신이 가야 할 장소를 표시해 둔 카이는 곧장 장비부터 점검했다.

'장비 내구도 OK, 인벤토리 공간 OK, 밥도 충분히 먹었고, 잠도 잤어.'

그야말로 모든 준비가 완벽!

모든 준비를 끝낸 카이는 곧장 거미의 숲으로 향했다.

"53레벨 이상 전사 구합니다!"

"화염 계열 마법사가 파티 구합니다, 레벨은 55예요!"

"최소 55레벨 이상으로 구성된 파티에서 탱커 구합니다, 바로 출발 가능해요!"

파티원 모집은 보통 도시의 광장이나 사냥터의 입구에서 하는 편이었다. 요즘 갑자기 인기가 생긴 거미의 숲에도 많은 유저들의 모습이 보였다.

"어? 저 녀석 아까 그 광장의 개 아니냐?"

"응? 어디, 어디?"

붉은 주먹 길드의 싸가지 삼인방이 거미의 숲으로 향하는 카이를 발견한 뒤 미소를 지었다.

"야, 가서 파티하자고 해봐."

"뭐? 저 새끼랑 파티를 왜 해."

"왜기는, 오랜만에 돈 좀 벌자고."

"아하. 그럴까?"

비열한 웃음을 지어 보인 싸가지 삼인방이 곧장 카이에게 다가갔다.

덥석!

누군가에게 다짜고짜 손목이 붙잡힌 카이가 인상을 찡그리며 고개를 돌렸다.

"우리가 인연은 인연이네. 광장에서 보고, 여기서도 또 마주치고. 안 그래?"

“……”

카이는 삼인방이 하는 말을 무시한 채, 차가운 눈으로 자신의 붙잡힌 손목으로 시선을 돌렸다.

“너 딜러면 우리랑 같이 파티할래?”

“우리가 전리품 배분 잘해줄게.”

“츄라이, 츄라이.”

[파티에 초대받았습니다. 수락하시겠습니까?]

“……”

카이는 그들의 얼굴을 한 차례씩 보더니, 거칠게 손목을 빼내며 경고했다.

“남의 몸, 함부로 만지지 마시죠.”

“뭐?”

“이 새끼 말하는 거 봐라?”

“너 우리 누군지 몰라? 아까는 설설 기어 다니던 놈이!”

대번에 인상을 일그러뜨리며 화를 내는 싸가지 삼인방!

하지만 카이는 심드렁한 표정을 지었다.

‘그야 아까는 여섯 명이었고, 탁 트인 광장이었으니까.’

아르센 남작의 퀘스트를 수행 중인 도시에서 말썽을 피워봐야 좋을 게 없었기 때문이지, 절대 이 녀석들이 무서운 건 아니었다.

"아무튼 전 남의 몸에 함부로 손대는 매너없는 사람들이랑 은 파티 안 합니다. 그리고……."

[파티 신청을 거절했습니다.]

파티 신청을 거절한 카이가 그들을 노려봤다.

"다음에 허락 없이 또 내 몸에 손대면, 그땐 죽는다."

그 말을 남긴 카이는 그대로 등을 돌려 자리를 떠났다.

입만 멍하니 벌린 채 그 모습을 쳐다보던 싸가지 삼인방이 뒤늦게 정신을 차렸다.

"어어!"

"야, 거기 서라! 서라고 했다! 3, 2, 1……!"

"저 새끼가 안 서네!?"

싸가지 삼인방이 욕지거리를 내뱉으며 경고를 했지만, 카이가 그딴 개소리를 들을 리 만무!

오히려 주위의 시선이 집중되자 삼인방의 표정만 썩어들어 갔다.

"아오, 마스터가 적당히 몸 사리라는 말만 안 했어도……."

"저 새끼…… 필드에서 만나면 바로 죽여 버리자."

"오랜만에 열 받게 만드네."

그들은 한참을 투덜거리더니 길드원 하나를 더 호출했다.

"뭐야, 왜 불렀어?"

"몇 시간 째 벗겨 먹을 놈 구하고 있는데 오늘은 계속 실패하네. 그냥 사냥터에서 다른 파티 덮치자."

"오랜만에 한탕 하려고? 좋지."

새롭게 파티에 합류한 라크라는 탱커가 씨익 웃었다. 무언가 더러운 계획을 지닌 듯한 그들은 곧장 거미의 숲으로 들어갔다.

수풀에 몸을 숨긴 카이는 거미 한 마리를 주시하고 있었다.

[숲 거미 LV.54]

머리부터 털끝까지 보라색인 숲 거미!

기본적으로 거미의 숲에서 나오는 거미들은 모두 현실의 거미와 비슷하게 생겼다. 다만 덩치가 오토바이에 비견될 정도로 커다란 놈이었기에 여성이나 비위가 약한 남자라면 보는 것만으로 기겁을 할 정도의 생김새였다.

물론 카이에게는 통용되지 않는 소리였다.

'경험치는 잘 주나?'

귀신은 무서워해도 벌레는 안 무서워하는 카이!

그는 곧장 신성 폭발을 제외한 모든 버프를 사용하곤 녀석에게 달려들었다.

"크롸아앗!"

카이가 별안간 수풀 속에서 튀어나오자, 깜짝 놀란 거미가 다급히 독침을 뱉어냈다.

한 번 공격을 허용하면 중독까지 당하는 치명적인 공격!

"더럽게 어디다 침을 뱉고 난리야!"

버럭 소리를 지른 카이는 여유롭게 독침을 피하며 녀석의 품속으로 파고들었다.

'목표는 급소!'

머리와 심장 같은 급소 부분을 공격하면 1.5배의 추가 대미지가 들어가는 것은 이미 널리 알려진 상식이었다. 카이의 철검이 거미의 머리 부분을 크게 베어냈다.

서걱!

"크리리릿!"

비명을 내지르는 숲 거미!

하지만 카이의 안색은 생각보다 어두웠다.

'후우, 대미지가 거의 안 박히잖아.'

급소를 공격했으니 녀석의 생명력이 10% 정도는 줄어들기를 원했는데, 확인해 보니 고작 4% 정도만 줄어든 상태였다.

"아, 못해 먹겠다."

결국 항복을 선언한 카이가 후련한 표정을 지었다.

'후이의 말이 옳았어.'

지금 카이의 힘으로는 아무것도 할 수가 없었다. 이것이야말로 선택을 망설인 자의 말로인가.

"이대로는 안 되지."

하루라도 빨리 강해져서 랭커들과 어깨를 나란히 하고 싶은 게 카이의 욕심이었다.

그런데 고작 거미의 숲에서 잡몹 하나에 전전긍긍한다?

이 상태로는 앞으로 마주칠 더 강한 몬스터들를 절대 상대할 수 없었다.

"지르자."

결심을 내린 카이는 곧장 스탯창을 열었다.

"남아 있는 스탯 포인트를 모두 힘에 투자해."

[총 50개의 스탯 포인트를 소유하고 있습니다. 정말로 모두 힘에 투자하겠습니까?]

"그래."

[사제 클래스에 추천하는 스탯은 신성과 체력…….]

"도움말 무시. 모두 힘에 투자."

[힘이 50 상승합니다.]

이게 정말 현명한 선택인지는 알 수 없다.

만약 커뮤니티에 올린다면 정신 나간 놈이라는 댓글이 수천 개는 달릴만한 일!

'올힘 사제라…… 제대로 미쳤다는 소리 들을 만하지.'

하지만 프랑스의 작가이자 철학가인 장 폴 사르트르는 이렇게 말했다.

인생이란 B(Birth:탄생)와 D(Death:죽음) 사이의 수많은 C(Choice:선택)!

지금도 마찬가지였다. 그는 인생을 살아가면서 마주칠 수많은 선택 중 하나와 직면했을 뿐이고, 자신이 옳다고 여기는 선택지를 택한 것뿐이었다.

"뭐, 망하면 선행 스탯으로 메꾸면 되겠지."

프리카 마을에서부터 모으기 시작한 50개의 스탯이 고스란히 힘에 투자되었다.

동시에 온몸에서 끓어오르는 압도적인 활력!

잠시 눈을 감고 그 기분을 마음껏 만끽하던 카이가 감상을 내놓았다.

"이야, 전사 유저의 비율이 높은 이유를 이제야 알겠네."

중독될 것 같은 기분이다.

온몸의 근육은 마치 고무줄이라도 된 것처럼 유연하고, 질겨졌다. 오죽하면 검의 무게가 가벼워진 것이 체감이 될 정도였다. 기분 같아선 당장에라도 눈앞의 거미를 두 동강 낼 수 있을 것 같았다.

"아니, 진짜 되는 거 아냐?"

궁금하면 시험해 보면 될 뿐.

카이가 다시 한번 거미에게 달려들었다.

"크리릿, 크라아아악!"

아가리를 크게 벌리며 포효하던 녀석은 몸을 뒤로 돌리고 엉덩이 부근에서 거미줄을 발사했다.

"신성 폭발!"

콰아아아아!

초당 1,000이나 되는 신성력을 잡아먹고, 모든 스탯을 30이나 올려주는 유니크 등급의 스킬!

"미안한데, 내가 지금 무서운 게 없거든!"

신성 폭발은 아주 잠시 동안 30레벨 이상 높은 유저와 어깨를 나란하게 만들어준다.

레벨 54의 숲 거미 따위는 절대 감당할 수 없는 힘과 속도!

카이는 자신의 모든 힘을 철검에 쏟아부었다. 검은 여태까지와는 차원이 다른 속도로 대기를 가르며 숲 거미를 향해 휘둘러졌다.

쐐애애애액!

"키리릿!?"

거미가 뭔가 이상하다는 것을 느꼈을 때는 이미 녀석의 왼쪽 다리 세 개가 잘려 나간 후였다.

[숲 거미가 상태 이상 '슬로우'에 걸렸습니다.]

[4,485의 대미지를 입혔습니다.]

[4,542의 대미지를 입혔습니다.]

"호우!"

대미지는 상상 그 이상, 카이가 환호성을 내질렀다.

급소가 아닌 곳을 공격해도 거미의 체력이 15%씩 쑥쑥 빠져나갔다. 신이 난 카이의 손놀림이 점점 빨라졌다.

"크리릿!"

다리가 잘려 기동력을 잃어버린 거미는 도망을 칠 수도 없는 상황이었다. 궁지에 몰린 녀석의 공격이 더욱 거세졌다.

피잇, 피잇, 피잇!

잠시도 쉬지 않고 쏘아지는 거미의 독!

“그래 가지고 맞겠어?”

발목을 튕긴 카이의 몸이 산들바람처럼 부드럽게 움직이며 모든 공격을 피해냈다.

회피와 동시에 시원하게 뻗어나가는 철검!

서걱, 무언가 베어지는 소리와 함께 거미의 오른쪽 다리 두 개가 그대로 잘려나갔다.

동시에 반가운 메시지가 떠올랐다.

[숲 거미가 상태 이상 ‘이동 불가’에 걸렸습니다.]

“그렇지!”

전투에서 상대방의 눈을 공격하여 실명 상태, 다리를 공격하여 슬로우 상태를 유발하는 건 기본 중의 기본이다.

‘다리 한쪽을 끊어버리면 슬로우지만, 양쪽을 모두 공격하면 이동 불가 상태에 빠지지.’

카이의 가슴이 크게 뛰었다. 커뮤니티와 방송을 통해 이론으로만 배웠던 것을 자신의 손으로 펼쳐냈기 때문이다.

‘이 고양감, 이 떨림!’

파티원에게 힐과 버프만 주던 때에는 절대로 맛볼 수 없었던 스릴과 해방감이 그의 온몸에 가득 차오르는 것 같았다. 카이는 쌓아놓은 둑이 터진 것처럼 가슴 한쪽이 뻥 뚫리는 쾌감을 느꼈다.

동시에 그의 검이 공격 일변도로 변했다.

'한 번을 휘두르더라도, 내가 할 수 있는 최고의 검을 휘두르자!'

여명의 검술관에서 검을 배울 때 자연스럽게 몸에 밴 검술 동작이 매 차례 이어졌다. 그곳에서는 검을 휘두를 때 제대로 집중을 하지 않으면 퀘스트가 완료되지 않았기 때문이다.

서걱, 서걱!

[여명의 검법의 숙련도가 2 상승합니다.]

[여명의 검법의 숙련도가 1 상승합니다.]

[여명의 검법의 숙련도가 1 상승합니다.]

한동안 정체되어 있던 여명의 검법 숙련도도 빠른 속도로 오르기 시작했다. 검술관에서 목검을 휘두르는 것과 실전에서 적을 베는 것의 차이였다.

"크르…… 릇."

[경험치 5,542를 획득합니다.]

“후우, 끝났다.”

한 마리를 잡자 경험치가 무려 5%나 올라가는 기적의 사냥터!

카이는 자연스럽게 올라가는 입꼬리를 막지 않았다.

“홀리 익스플로젼!”

콰아아아앙!

숲 거미를 그대로 강타한 백색 광선은 근처의 나무를 한참이나 더 쓰러뜨린 후에야 힘이 다해 사라졌다.

“후우…… 강하긴 한데 확실히 요란하단 말이지.”

특히나 거미의 숲처럼 어두운 장소에서는 굉음과 밝은 빛이 더욱 부각 되었다.

어깨를 으쓱거리는 카이의 눈앞에 반가운 메시지가 떠올랐다.

[경험치 5,817을 획득합니다.]

[레벨이 올랐습니다.]

[스탯 포인트를 5개 획득합니다.]

"드디어 레벨 업인가."

카이는 한나절 동안 쉬지 않고 내리 사냥에 전념했다. 다른 전사들이라면 중간에 스테미너를 채우기 위해서 휴식을 취해줘야 하지만, 카이는 그럴 필요가 없었다.

"원기 회복의 샘."

스킬을 시전하자 눈앞에 설치되는 조그마한 샘!

카이는 이제는 아주 당연하다는 듯이 샘의 주변에 주저앉았다.

[1초마다 생명력이 회복됩니다.]

[1초마다 스테미너가 회복됩니다.]

눈을 한 번 깜빡거릴 때마다 올라가는 생명력과 스테미너는 금방 차올랐다. 카이는 원기 회복의 샘을 통해 빠르게 스테미너를 채우고, 사냥하는 것을 반복했다.

"흐음, 사제가 근접 기술까지 익히면 솔플이 상당히 편하구나."

카이도 몰랐던 사실이었지만, 태양의 사제는 의외로 솔플과 잘 맞았다. 다른 직업 같으면 체력이 떨어질 때마다 비싼 포션을 먹거나 붕대를 감아야 할 텐데, 사제는 그럴 필요가 없었기 때문이다.

'올힘 사제…… 진지하게 한번 생각해 볼까.'

지난 이틀간의 사냥을 통해 카이의 자신감은 크게 상승한 상태였다.

[여명의 검법 LV.6 Passive]

검으로 공격할 시 적에게 공격력의 160% 대미지를 준다.

숙련도 12/100

검만 사용하여 적들을 잡다 보니 검법 스킬의 레벨이 크게 올랐고, 실전 경험도 풍부해졌기 때문이다.

'홀리 익스플로전의 숙련도가 뒤처지고 있는 게 문제이긴 하지만…….'

그 때문에 방금처럼 간간이 사용은 해주고 있었지만, 검을 사용하는 와중에 홀리 익스플로전을 쓰는 건 영 익숙하지 않았다. 다만 사냥 속도만은 발군이었기에 현재 카이의 경험치 상승 속도는 웬만한 파티보다 빨랐다.

"레벨도 올랐으니 사냥은 여기까지 할까. 지금부터는 로디도 찾아봐야 하고."

카이는 미니맵을 펼쳤다.

'드디어 거미의 숲 중앙 부근까지 들어왔어. 언제 어디서 로디를 찾아도 이상하지 않지.'

숲 중앙 부근의 거미들은 레벨이 60이 넘어가기에 우습게 볼 수는 없었다.

'정신 바짝 차리고 긴장하자.'

거미의 공격은 한 번이라도 맞는 순간 치명상을 입을 수 있었다.

카이는 긴장감을 끌어올린 채 길을 따라 천천히 걸어갔다.

부시럭.

한참을 걸어가고 있는데, 뒤쪽의 수풀이 흔들리는 소리가 들렸다.

스르릉!

이제는 제법 손에 익은 철검이 순식간에 뽑혀 나왔다.

하지만 만반의 준비를 마친 카이를 기다리고 있는 건 몬스터가 아니었다.

"도, 도와주세요!"

전형적인 궁수로 보이는 남자는 가죽 갑옷을 입은 채 조악한 활을 들고 있었다.

하지만 이미 붉은 노을 길드에게 필드에서의 PVP를 당해 본 적이 있고, 이 근처에는 붉은 주먹 길드의 녀석들도 있다는 것을 알고 있는 카이는 긴장한 표정으로 되물었다.

"뭐예요?"

"제발 도와주세요. 지금 저희 파티가 위험에 빠져 있습니다!"

카이는 그제야 남자의 차림을 다시 한번 살펴봤다.

옷은 흙과 먼지로 얼룩져 있고, 무릎 부근은 찢어져 있기까지 하다.

'하지만 파티가 위험에 빠지는 건 사냥을 나온 이상 각오를 했어야지.'

자신들의 능력에 맞지 않는 곳에서 사냥을 할 때는 항상 전멸의 위험도 각오해야 하는 법!

매정한 말일 수도 있지만, 카이는 남자의 파티를 구해줄 이유를 전혀 찾지 못했다.

"미안하지만 몬스터를 잡다가 실패한 건 온전히 그쪽 파티의 잘못……."

"몬스터가 아닙니다!"

남자는 자신의 울분과 절실함이 느껴지는 표정으로 소리쳤다.

"붉은 주먹 길드의 녀석들 짓입니다. 놈들이 저희 파티를……!"

"응?"

남자에 대한 관심이 눈곱만큼도 없던 카이의 눈동자에 생기가 돌기 시작했다..

"그놈들이랑 무슨 일이 있었습니까?"

카이가 자신의 말에 처음으로 관심을 보이자, 남자는 이것이 기회라는 것을 눈치챘는지 아주 열심히 설명하기 시작했다.

"우선 저는 휴고라고 하는 궁수입니다. 약소하지만 조그마한 파티 하나를 이끌고 있지요. 사실 저희 파티가 몇 주 동안 진행하고 있는 퀘스트가 하나 있었습니다. 거미의 숲을 지배하는 존재에 대한 퀘스트였는데…… 결론부터 말씀드리면 저희는 던전을 발견했습니다."

"던전……!"

"기뻤습니다, 당연히 기쁘죠. 무려 던전이잖습니까. 그간의 고생이 모두 씻겨나가는 것 같았습니다."

휴고가 아랫입술을 꽉 깨물며 말을 이었다.

"문제는…… 던전의 입구에서 붉은 주먹 길드원들과 마주쳤다는 것입니다."

"아하."

카이는 이런 상황을 두고 옛 조상님들이 즐겨 하던 말을 떠올렸다.

'안 봐도 블루레이네.'

13장
페르메의 둥지

카이는 지금도 그들의 차원이 다른 싸가지를 생생하게 떠올릴 수 있었다.

'그 녀석들이 던전의 존재를 알아차리고도 쉽게 넘어갈 리 없지.'

휴고의 말이 이어졌다.

"처음에는 분위기도 크게 흉흉하지 않았습니다. 던전을 먼저 발견한 건 저희 파티였으니, 저희는 권리를 주장했지요."

"그 녀석들이 말을 들을 리가 없었겠죠."

"예. 처음에는 자신들이 던전을 먼저 발견했다고 하더군요. 당연한 말이지만 말도 안 되는 소리입니다. 던전의 최초 발견 보너스를 저희 파티가 얻은 상태였거든요. 대화로 좋게 타일러서 그들을 돌려보내려고 했는데…… 기습을 받았습니다. 게다가 상성 또한 안 좋았죠."

휴고가 자신의 활을 들어 보였다.

"저희는 거미의 숲에서 보다 쉽게 사냥하기 위해서 화염 계열 마법사와 탱커 하나, 사제와 궁수인 저로 이루어진 파티였습니다."

"놈들은요?"

"탱커 한 명과 도적 두 명, 그리고 화염 계열 마법사입니다."

"흐음……."

대충 싸움의 양상이 머릿속에 그려졌다.

도적 두 명이 사제와 마법사를 기습했을 것이고, 그 기습이 성공한 순간 싸움은 이미 끝났을 것이다.

"그런데 설명을 들어보니 어차피 파티원분들은 전부 사망하신 것 같은데…… 저보고 대체 뭘 도와달라는 겁니까?"

카이가 고개를 갸웃거리며 물었다.

가만히 보니 휴고의 상태도 영 메롱이다. 붉은 주먹 길드 녀석들이 바보가 아닌 이상 그의 파티원들이 멀쩡할 리가 없다.

"복수……."

휴고가 이를 빠드득 갈며 무릎을 꿇었다.

"저희의 원수를 갚아주시지 않겠습니까? 그 던전, 저희가 2주 넘게 퀘스트를 진행하면서 겨우 찾은 겁니다. 그런 양아치 놈들에게 넘기는 건 죽기보다 싫습니다."

"죄송한데, 전 혼자거든요?"

카이가 어이없다는 목소리로 되물었다.

자신은 그에게 보여준 것이 아무것도 없었다. 그는 도대체 무엇을 믿고 자신에게 복수를 운운하는 것일까?

휴고가 다급한 목소리로 말했다.

"가끔씩 지나가다가 사냥을 하는 모습을 봤습니다. 거미의 숲에서 홀로 사냥을 하실 정도의 실력자이시기도 하고, 간간이 뿌려내는 백색의 광선…… 그 위력은 아무것도 모르는 제가 보기에도 강력해 보였습니다."

"으음……."

자신을 어떻게 찾아왔는지도 알 것 같았다.

'아까 쏜 홀리 익스플로젼…… 그걸 보고 찾아온 건가.'

확실히 그의 말대로, 던전이라는 대가는 무척이나 끌린다.

'문제는 내가 붉은 주먹 놈들을 모두 처리할 수 있느냐는 건데……'

턱을 어루만지며 고민을 하던 카이가 휴고를 자세히 살폈다.

'장비한 아이템은 레벨 제한 54의 수색대장의 가죽 갑옷과 뭉구스의 조악한 활인가…… 레벨은 높아 봐야 56 정도겠어.'

사제같이 특별한 클래스가 아니라면, 파티원들이 2레벨 이상 차이 나는 경우는 별로 없다.

'평균 레벨 56의 파티를 기습으로 죽일 정도라면…… 붉은 주먹 놈들은 최소 59레벨이라고 봐야 되나?'

도적 두 명과 탱커 하나, 그리고 마법사 하나.

확실히 몬스터보다는 사람을 상대하기 좋은 조합이었다.

'이쪽도 사실 따지고 보면 혼자는 아닌데…….'

놀 언데드 치프의 스태프의 능력을 생각하면 다소 운이 따라야 하겠지만, 이를 통해 3~4마리만 소환이 되어도 크게 불리할 것 같지는 않았다.

'더군다나 저들은 나의 존재를 모르지.'

지금쯤 신나게 던전을 수색하고 있을 것이다. 그들이 던전에 정신이 팔리면 팔릴수록, 그들의 뒤통수를 치는 일은 수월해진다.

계산을 하면 할수록 마음이 점점 기울었다.

'게다가 녀석들은 이 남자의 파티를 죽였어. 카오틱 상태겠지…… 죽으면 무조건 아이템을 떨어뜨린다. 그리고 던전도 덤으로 따라오고, 무엇보다…….'

속이 시원해진다. 그 싸가지 없는 녀석들에게 둘러싸여 모멸당한 것이 불과 이틀 전!

아직도 침대에 누우면 이불을 뻥뻥 찰 정도로 분이 풀리지 않은 상태였다.

결국 카이는 휴고의 제안을 받아들였다.

서걱!

“여기인가.”

굵은 덩굴들을 잘라내며 앞으로 이동한 카이가 고개를 절레절레 흔들었다. 던전의 위치에 대한 정보를 모두 받았음에도 불구하고, 던전을 찾는 것은 무척 힘들었다.

“진짜 쓰레기 게임……. 던전을 이딴 곳에 숨겨놓으면 정보 없는 사람은 대체 어떻게 찾으라는 거야?”

물론 정보가 없으면 던전을 찾지 말라는 페가수스사의 거룩한 뜻이다.

“그나저나…….”

주변을 살펴보던 카이가 고개를 끄덕였다. 혹시나 싶었던 의심은, 던전을 찾아오면서 점점 확신으로 변했다.

‘확실해. 붉은 주먹 녀석들과 던전 앞에서 우연히 마주쳤다고? 말도 안 되는 소리.’

휴고는 피해자이기 때문에 이 일을 냉정히 생각할 수 없었을 것이다. 하지만 당사자가 아닌 카이는 사건을 보다 객관적으로 파악할 수 있었다.

‘미행당했네.’

녀석들이 어떻게 휴고의 파티를 미행할 생각을 했는지는 모르겠지만, 이것만큼은 확실했다.

"결코 좋은 의도를 가지고 미행하지는 않았을 거야."

그놈들이 단체로 벼락이라도 맞아서 미치지 않은 이상, 다른 파티가 걱정되어서 뒤를 쫓았을 가능성은 없다고 보면 된다.

서걱, 서걱!

카이가 마지막 덩굴을 잘라내자 음침한 동굴이 아가리를 쩍 벌린 채 반갑게 맞이했다.

'이곳이 페르메의 둥지.'

던전의 이름이다. 거미의 숲을 지배하고 있다고 하는 여왕거미 페르메가 기거한다는 던전!

'휴고의 말에 따르면 페르메는 레벨이 70이라고 했지.'

사실이라면 카이로서도 지금 당장 공략할 수는 없는 곳이다. 하지만 던전은 굳이 보스 몬스터가 아니더라도 풍부한 경험치와 재화가 즐비한 곳, 카이는 망설임 없이 동굴로 들어갔다.

'몬스터들이 죽어 있다.'

바닥에 떨어져 있는 폴리곤 덩어리들이 그 증거였다.

"이건 뭐, 헨젤과 그레텔이야?"

그들은 빵조각을 남겼지만, 붉은 주먹 길드는 폴리곤 덩어리를 남겼다.

"뭐, 덕분에 찾기는 쉽겠네."

카이가 만족스러운 미소를 지으며 눈을 반짝였다.

사냥은 이미 시작되었다.

"막아!"

콰아아아앙!

"크윽, 존나 아프네!"

"대미지 실화냐? 화염 마법 좀 팍팍 써봐!"

"젠장, 너 캐스팅이라는 게 뭔지는 아냐? 쿨타임이라는 개념도 모르지?"

던전을 공략 중인 네 명의 붉은 주먹 길드원들은 진땀을 빼고 있었다.

'생각보다 던전의 수준이 높잖아?'

평균 레벨이 59인 그들의 수준으로도 던전의 일반 몬스터는 쉽게 처리할 수 있었다.

하지만 첫 번째로 마주친 정예 몬스터. 온몸이 새하얀 털로 뒤덮인 파라스라는 거미는 그들의 상상 이상으로 강력했다.

"크윽…… 젠장!"

은신으로 파라스의 뒤를 잡으려다 실패한 도적, 던컨이 욕지거리를 내뱉었다.

"젠장! 이거 이러다가 공략 실패하는 거 아니야?"

붉은 주먹 길드는 PK범 6명이 모여서 만든 길드였다.

길드 마스터인 붉은 주먹을 필두로 모인 그들은 보통 사냥터에서 다른 파티를 죽여서 아이템을 줍거나 순진한 유저들을 꼬드긴 후 돈을 뜯어내는 양아치들이었다.

'어차피 공략을 못 하면 입을 맞춘 의미가 없잖아?'

휴고 파티를 덮치는 과정에서 우연히 던전을 발견한 그들은 서로의 입을 맞췄다. 던전에 대한 정보를 길드에 말해봤자 그들의 몫만 줄어들기 때문에, 그들은 네 명이서 던전을 공략하고 입을 닫기로 한 것이다. 애초에 신뢰가 없는 관계였기 때문에 내릴 수 있는 결정이었다.

"조금만 더!"

"라크, 좀만 더 버텨!"

"체력 5% 남았다. 조금만 더 때려!"

하지만 아무리 정예 몬스터라고 해도 몬스터!

인공지능이 가진 패턴은 결코 무한하지 않았기에, 그들은 차근차근 파라스를 공략해 나갔다.

'이제 다 잡았다!'

파라스의 남은 체력은 고작 1%!

무려 40분이나 사냥을 한 끝에 손에 넣은 결과였다.

"야, 마무리해."

"맡겨 두라고!"

파티에 속한 화염 계열의 마법사가 주문을 캐스팅하기 시작했다.

"타오르는 불꽃의 창이여, 나의 뜻대로 움직여 적을 섬멸하라. 플레임 스피어!"

화르르르륵!

허공에 소환된 것은 주변의 온도 자체를 올려버릴 정도로 무식한 화염의 창!

마법사는 일말의 망설임도 없이 그것을 파라스에게 조준했다.

"죽어라!"

허공에 팽팽하게 묶여 있던 창은, 자신의 목줄이 풀리기만을 기다리고 있었다.

마법사가 캐스팅을 끝내자 창은 고삐 풀린 맹수처럼 공기를 격살하며 쇄도해 나갔다.

'드디어 끝났다.'

'후우, 그래도 정예 몬스터니까 레어 아이템이 나오지 않을까?'

'만약 레어 아이템이 나오면…….'

'적당히 눈치 좀 보다가 뒤통수를 때려야겠군.'

생각하는 수준이 거기서 거기인 양아치들!

하지만 그들이 바라던 레어 아이템은 파라스를 잡아야만

얻을 수 있었다.

화염의 창에 앞서 정체 모를 백색섬광이 파라스의 머리를 먼저 터뜨린 순간, 그들의 노력에 대한 보상은 허상이 되어버렸다.

"뭐, 뭐야!"

"이런 미친!"

각자 붕대를 감고 포션을 마시며 체력을 회복 중이던 붉은 주먹 길드원들이 펄쩍 뛰었다.

"뭐, 뭐야? 잡은 거야?"

"우리가 죽인 거 맞지? 그렇지?"

메시지창을 확인하자 확실히 경험치는 들어왔다. 하지만 중요한 건 불청객과 경험치, 보상을 함께 나누게 되었다는 것이다.

그들은 눈을 까뒤집고 서로를 탓하기 시작했다.

"이런 멍청한 새끼, 그거 하나 마무리 못 해서 일을 이 지경으로 만들어!"

"뭐? 이게 내 잘못이라고? 애초에 너희들이 나한테 귀찮은 일 떠맡긴 거 아니야?"

"이 새끼가 뚫린 입이라고!"

순식간에 파티가 분열되는 듯했지만, 그들을 다시 하나로 묶어 사이좋게 만든 이들이 있었다.

철그럭, 철그럭.

"이건 또 뭐야."

"해골들?"

"수는 세 마리밖에 안 되는데?"

바로 그들의 앞에 나타난 세 마리의 놀 스켈레톤을 본 붉은 주먹 길드원들은 본능적으로 파라스의 막타를 친 녀석을 먼저 처리해야 함을 느꼈다.

"야, 적들은 최소 두 명이다."

"해골을 다루는 걸 보니 네크로맨서는 무조건 있어."

"그리고 파라스 막타 친 하얀색 광선 쏘는 놈도 있고."

"다들 조심해!"

순식간에 다시 정비를 마친 그들은 놀 스켈레톤을 견제했다. 하지만 그 순간! 다시 한번 그들에게 백색 광선이 쏘아졌다.

"크윽, 피해!"

겨우 정비해 놨던 전열이 허무하게 흐트러졌고, 놀 스켈레톤들은 그 틈을 귀신같이 파고들었다.

"젠장, 이 해골 새끼들부터 처리해!"

"이 새끼들 이거 왜 이렇게 단단해?"

"커억, 50레벨 주제에 공격력도 상당해!"

그것은 카이에게 모든 버프를 빵빵하게 받았기 때문이다.

귀여운 놀 스켈레톤들과 붉은 주먹 길드원들이 투덕거리는 모습을 여유롭게 지켜보던 카이가 중얼거렸다.

"흐흐흐. 힘 스탯에 5포인트 추가."

[힘이 5 상승합니다.]

던전의 정예 몬스터인 파라스를 잡는데 훌륭하게 밥 숟가락을 얹은 카이!

사냥 기여도는 낮았지만 막타를 챙김으로써 상당한 경험치가 들어왔다. 올라간 힘을 확인한 카이는 비린내를 물씬 풍기는 비열한 미소를 지었다.

"후후후."

갓 잡아 올린 참돔처럼 싱싱하고 비릿한 미소!

계획이 완벽하게 맞아 들어갔을 때 카이가 짓는 미소였다.

'속이 다 시원하네!'

마치 막힌 변기가 뻥 뚫린 것 같은 쾌감이 그의 전신을 휘감았다. 카이는 그 경쾌하고도 시원한 기분에 몸을 던졌다.

그 때문인지는 몰라도, 카이의 신형은 예고 없이 불어온 바람처럼 느닷없이 등장했다.

"이, 이 새끼는 또 뭐야!"

"전사도 있었구나!"

"3인 파티인가!"

"젠장, 입구에서 처리한 새끼들이 친구들을 불렀나 본데?"

"그래도 움직임이 생각보다 느려. 상대할 수 있어!"

단단히 착각을 하는 붉은 주먹 길드원들!

물론 카이는 그 착각을 고쳐줄 필요성을 느끼지 못했다.

'내 움직임이 생각보다 느리다고?'

카이가 그 말을 내뱉은 도적을 보며 생각했다.

'확실히 지금은 느려 보일 수 있겠지. 하지만…….'

지금의 속도는 카이가 낼 수 있는 최고치가 아니었다.

카이의 철검이 곧장 도적 던컨을 향해 휘둘러졌다.

"피, 피했다!"

상체를 비틀어 그 공격을 간발의 차이로 피한 던컨은 눈앞의 전사의 장비를 확인하곤 고개를 갸웃거렸다.

'잠깐만, 이 녀석 장비는…… 어디선가 본 것 같은……?'

정신이 잠깐 다른 곳으로 팔린 사이, 상대방의 뒷발차기가 그의 명치에 꽂혔다.

"커억……!"

"아오, 속 시원해."

그 말 한마디를 남긴 카이는 곧장 방향을 바꿔 캐스팅 중인 마법사를 향해 돌진했다.

"플레임 에로…… 커억!"

마법사의 캐스팅을 절묘하게 끊어버린 카이!

그 모습을 보다 못한 탱커, 라크가 소리쳤다.

"젠장, 난 해골들 막느라 바빠. 네놈들 셋이서 저거 하나 상대 못 한다는 게 말이 돼?"

그 호통에 정신이 번쩍 든 던컨이 자리에서 일어났다.

"잠깐만, 저 장비…… 이틀 전의 그 미친놈이잖아!"

그제야 카이가 생각난 던컨!

"너 이 새끼, 잘 걸렸다!"

순식간에 분노에 물든 던컨이 바닥을 박차고 카이에게 달려들었다.

"야, 이 새끼 이틀 전에 우리한테 시비 걸었던 그놈이야!"

"어? 그러고 보니……."

"맞네, 맞아!"

"죽어!"

"싫어."

카이의 철검이 던컨의 공격을 가볍게 쳐냈다.

카아앙!

검과 검이 부딪치자 날카로운 쇳소리와 함께 불똥이 피어올랐고, 카이의 왼손이 그 불똥을 헤치며 앞으로 내밀어졌다.

"이거나 받아라. 홀리 익스플로전!"

콰아아아앙!

카이의 왼손으로부터 뻗어나온 백색 광선이 던컨의 머리를 그대로 강타, 그를 벽에 처박아버렸다.

"크아아아악!"

단번에 생명력이 30%나 줄어들 정도의 엄청난 공격!

게다가 그들은 파라스를 사냥한다고 체력이 얼마 남지 않은 상태였다.

던컨이 순식간에 빈사 상태에 빠지자, 카이가 눈을 빛냈다.

'여기서 확실하게 끝낸다.'

전투에서는 서로의 실력과 레벨, 아이템 등 중요한 요소가 넘치도록 많다. 하지만 그 중에도 절대 무시할 수 없는 것이 바로 사기였다.

사기가 낮아져서 상대방을 절대 이길 수 없다는 생각이 들면 행동이 굼떠져서 공격도 무뎌지고, 전투 중에 실수도 많아진다.

'다시는 덤빌 생각조차 할 수 없게끔 완전히 콧대를 눌러 버려야겠어.'

카이가 신성 폭발을 사용하는 사이, 라크가 마법사에게 명령했다.

"캐스팅 긴 거 말고, 짧은 걸로 발부터 묶어!"

"아, 알았어. 파이어 필드!"

마법사가 스킬을 사용하자, 카이가 있던 바닥 부근에서 강렬한 불길이 솟아올랐다. 순식간에 옆으로 옮겨붙은 불길은 마치 감옥처럼 변모했다.

"됐어, 당분간 저 안에서 나오지 못할……?"

말을 잇던 마법사가 당혹감에 눈을 크게 뜨고 주변을 두리번거렸다.

'뭐, 뭐야. 이 새끼 어디 갔어?'

당연히 파이어 필드 안에 있어야 할 카이가 보이지 않았기 때문이다. 당황한 것은 마법사뿐만이 아니었다.

'잠깐, 내가 움직임을 놓쳤다고? 나 암살자인데?'

파티의 두 번째 도적이던 그는 암살자 계열의 유저였다.

암살자는 적들의 위치를 파악하고 소리 없이 죽이는 것에 특화되어 있는 직업!

'대체 이 새끼 레벨이 몇이야!'

암살자가 속으로 경악성을 내지르고 있을 때, 카이는 이미 그들의 뒤를 점한 상태였다.

힘에 엄청난 스탯을 투자하고, 신성 폭발을 사용했기에 가능한 일이었다.

'15초 안에 끝낸다!'

만약 그러지 못한다면, 오히려 위험해지는 것은 카이 자신이었다.

파앗!

바닥을 박차고 튀어나간 카이는 순식간에 도적의 머리와 심장, 그리고 두 다리를 공격했다.

서걱, 서걱, 서걱!

"어엇!"

[상태 이상 '실명'에 걸렸습니다.]

[상태 이상 '슬로우'에 걸렸습니다.]

[상태 이상 '이동 불가'에 걸렸습니다.]

그야말로 빛과 같은 속도!

도적의 귓가로 연신 대미지를 받았다는 알림이 들려왔다.

하지만 그것도 잠시.

단 하나의 메시지만 남긴 채, 그 많던 메시지창이 순식간에 사라져 버렸다.

[사망하셨습니다.]

짧지만 강렬한 단 한 줄의 메시지!

로그아웃을 당한 암살자는 신경질적으로 헤드기어를 집어 던지며 중얼거렸다.

"그 새끼, 대체 정체가 뭐야?"

신성 폭발의 운용시간은 최대 22초.

하지만 자신을 비롯해 놀 스켈레톤들에게도 버프를 사용해야 하는 카이에게는 15초가 최대였다.

그리고 카이는 그중 4초를 투자해 암살자 하나를 처치하는 데 성공했다.

'다음은 마법사!'

칠흑의 원한을 장비한 카이가 마법사의 동체 시력으로는 파악할 수 없는 속도로 움직이자, 마치 어둠이 몰려다니는 것처럼 보였다.

서걱!

"그, 그르륵……?"

[상태 이상 '침묵'에 걸렸습니다.]

갈라진 목을 부여잡고 믿을 수 없다는 듯 눈을 크게 뜨는 마법사!

그로서는 이런 일을 처음 당해봤을 것이다.

'뮤튜브에서 본 걸 이런 식으로 써먹는구나.'

애초에 미드 온라인의 랭커에게 관심이 많던 카이는 랭커들의 유명한 대결 영상은 빠지지 않고 챙겨봤고, 그 덕분에 게임에 대한 이론 자체는 상당히 높은 편이었다.

'지금까지는 그걸 내 몸으로 펼칠 수가 없었을 뿐이지!'

주먹을 마법사의 명치에 꽂아버린 카이는, 곧장 손바닥을 펼쳤다.

"홀리 익스플로전!"

콰아아앙!

천장 높은 줄 모르고 높게 떠오르는 마법사!

"아, 안 돼!"

"돼."

천장의 종유석에 그대로 몸이 꿰뚫린 마법사가 폴리곤이 되어 사라지자, 라크가 고함을 질렀다.

"크아아악, 이 병신들아!"

그는 강화된 놀 스켈레톤을 세 마리나 상대하고 있었기에, 그들을 돕고 싶어도 도와줄 수가 없었다.

그사이 카이는 홀리 익스플로전을 맞고 빈사 상태에 빠진 던컨에게 달려들었다.

"이, 이런 미친……."

던컨이 새하얗게 질린 안색으로 땅을 더듬거리며 뒤로 기어갔다.

'이게 말이 돼? 고작 한 놈한테 우리 파티가 전부 털리다니……!'

어디서 하소연을 할 수도 없는 창피한 상황이었다. 그들은 PVP를 전문적으로 해오던 카오틱 유저들, 대인전이라면 그 누구보다 능숙했지만, 카이의 공격력과 속도를 상대하기에는 능력이 터무니없이 부족했다.

"읏차."

콰드드득!

"크윽……!"

누워 있는 던컨의 갈비뼈를 발꿈치로 부숴버린 카이의 눈에, 붉은 주먹 길드의 마크가 보였다.

"너, 너 우리가 누구인지 알고……."

"알지, 붉은 주먹. 길드원이 여섯 명뿐인 허접 길드."

카이의 철검이 곧장 바람을 가르며 쏘아졌다.

푸욱!

"커억……."

녀석의 가슴팍에 새겨진 붉은 주먹 표식을 그대로 관통한 검은 심장까지 함께 꿰뚫었다.

카이는 고통과 분함이 가득 찬 던컨의 얼굴을 내려보며 입을 열었다.

"표정 풀어. 게임이잖아? 아프지도 않으면서 엄살은."

"너 이 새끼…… 비겁하게, 기습만 안 당했으면…… 체력만 멀쩡했으면……!"

카이는 녀석의 말이 끝나기도 전에 목을 베어 마무리했다.

세 명을 처리하고도 신성 폭발의 남아 있는 시간은 무려 5초!

그제야 여유를 되찾은 카이는 마지막 목표인 탱커를 향해 천천히 걸음을 옮겼다.

한 걸음, 다시 한 걸음.

거리가 가까워질수록 발걸음은 빨라졌고, 이내 걷기라기보다는 달리기가 되었다.

"그 녀석 꽉 잡아!"

카이의 명령이 떨어지자, 놀 스켈레톤들이 탱커의 두 팔과 목을 붙잡고 늘어졌다.

"뭐, 뭐야. 이거 안 놔!"

"아주 잘했어!"

딱딱딱!

마치 말 잘 듣는 강아지처럼 행동하는 녀석들의 도움으로 무방비상태가 된 탱커의 넓은 가슴에 철검을 그대로 쑤셔박았다.

푸욱!

"크, 크으으……!"

"아, 넌 좀 단단하네?"

탱커는 심장을 찔렀음에도 불구하고 10%의 체력이 줄어들 뿐이었다.

과연 탱커라는 소리가 절로 나오는 높은 방어력!

"지금부터는 안 보는 게 더 정신 건강에 이로울 거야."

카이의 검이 녀석의 두 눈을 그어버렸다.

순식간에 새카만 세상에 떨어져 버린 탱커가 불안한 목소리로 물었다.

"뭐, 뭐냐. 대체 무슨 짓을 하려고……?"

"그야 뭐, 간단하지."

카이는 녀석의 심장에 철검을 찔러 넣고, 뺐다가 다시 찌르는 단순한 작업을 빠르게 반복했다.

푹, 푹, 푹, 푸욱!

"으, 으윽!"

탱커가 온몸을 부들부들 떨었다. 그것은 신체적 고통 때문이 아니라 정신적인 고통, 공포감 때문이었다.

눈을 아무리 크게 떠도 그가 볼 수 있는 거라고는 칠흑 같은 어둠뿐, 그런 상태에서 두 팔은 꽉 잡혀 있었고, 무언가 심장 쪽에서 자꾸 자극이 느껴졌다.

"으…… 으아악!"

아무리 게임이었지만, 탱커는 물론 다른 일반인도 이런 일을 겪는 것은 익숙할 수가 없었다.

"머리가 있다면 알아들었겠지만, 난 친절하니까 한 번 더 경고해 줄게."

녀석의 심장에 검을 박아 넣은 카이는 차가운 목소리로 속삭였다.

"나, 건들지 마."

"커어어억……."

결국 공포를 이겨내지 못한 탱커는 사망으로 로그아웃을 당한 순간 오히려 안도감을 느꼈고, 헤드기어를 집어 던지며 축축한 하의를 붙잡은 채 화장실로 달려갔다.

"후우!"

투구를 벗고 이마의 땀을 닦은 카이는 주변의 폴리곤 덩어리들을 보며 뿌듯한 목소리로 말했다.

"쓰레기 청소 끝!"

페르메의 둥지 안, 바닥과 천장에는 거미줄이 잔뜩 처져 있는 음침한 공간에서 카이가 뚱한 표정을 짓고 있었다.

"이 녀석들…… 진짜 노답이네."

답이 없다는 뜻이다.

고개를 절레절레 흔든 카이는 눈앞의 아이템들을 인벤토리에 넣었다.

'카오틱 유저 네 명을 잡았는데, 레어 아이템은 하나뿐이라고?'

최소 레어 아이템이 두 개는 떨어질 줄 알았던 카이는 실망감을 느낄 수밖에 없었다.

"뭐…… 그래도 유일한 레어 아이템이 상당히 쓸 만해서 다행이지만."

카이는 탱커가 장비하고 있던, '장미 문양이 새겨진 망토'를 들어 올렸다.

[장미 문양이 새겨진 망토]

등급 : 레어

물리 방어력 342

마법 방어력 319

힘 +2

민첩 +2

체력 +4

내구도 46/91

설명 : 귀족가의 자제들이 즐겨 입는 망토입니다. 고급스러운 원단에 장미 문양을 새겨 넣어 멋스러운 디자인이 탄생하였습니다.

'이건 내가 써야지.'

망토를 가지고 있지 않던 카이로서는 상당히 탐낼 만한 아이템이었다. 외관이 조금 화려해서 칠흑의 원한 세트와 어울리지 않는다는 것이 유일한 흠이었으나, 카이는 성능만 좋으면 외견 따위는 아무래도 좋았다.

'게다가 파라스를 잡고 나온 아이템도 우선권을 가진 녀석들이 모두 죽어버려서 내 차지!'

비록 레어 아이템이 나오지는 않았지만, 경매장에 올리면 제법 비싼 값에 팔 수 있는 매직 아이템이 세 개나 나왔다.

"웃차……."

자리에서 일어나 먼지를 털어낸 카이는 쉬면서 회복된 신성력을 흘깃 확인했다.

'상태도 완벽하군.'

붉은 주먹의 길드원들을 모두 처치했으니, 이제 이 던전에 남아 있는 사람은 카이뿐이다.

'후후, 이래서 사람이 착하게 살아야 한다는 거지.'

착하게 살면 자다가도 돈이 나오고, 떡이 나오고, 던전도 나오는 법! 그리고 지금 눈앞에 보이는 것처럼 몬스터도 나오는 법이다.

"응?"

뭔가 이상하다는 것을 깨닫고 눈을 깜빡거리는 카이!

그는 곧장 검을 빼 들고 소리쳤다.

"뭐, 뭐야!"

"키아아악!"

괴성을 지르며 본인의 존재감을 어필하는 몬스터!

[흉포해진 페르메의 새끼 LV. 61]

'젠장, 새끼 주제에 레벨이 왜 이렇게 높아!'

"키르아악!"

투덜거릴 시간조차 주지 않는 페르메의 새끼의 공격은 숲거미와는 차원이 달랐다. 카이는 빠른 속도로 날아오는 침과 거미줄을 피하려 무던히 애를 썼다.

'그래도 거미를 상대하는 방법은 이제 제법 잘 알아.'

공격을 열심히 피하며 녀석의 모습을 관찰했다.

예상컨대 거미의 급소는 두 군데였다.

바로 머리와 배! 하지만 여덟 개의 다리를 이용해 계속해서 움직이는 거미의 배를 노리는 건 사실상 불가능하다.

'그래서 다리를 먼저 절단해서 기동력을 봉쇄시키는 것이 첫 번째!'

서걱, 서걱!

언제나 그랬듯이 녀석의 다리를 잘라낸 카이의 검이 향할 곳은 정해져 있었다.

"눈!"

거미는 네 쌍의 눈을, 그러니까 총 여덟 개의 눈을 지니고 있다.

카이는 거미의 숲에 오기 전, 커뮤니티에서 거미 몬스터와 관련된 글을 모두 정독했다.

'거미의 눈은 총 여덟 개지만, 각각의 눈이 지닌 고유 기능은 모두 달라.'

예를 들어 가장 중요한 중앙의 눈 한 쌍은 사물의 세부 모양이나 크기를 가늠하는 데 사용된다. 그리고 측면에 있는 눈들은 무엇인가가 자신에게 다가올 때 경고를 해주는 역할을 한다.

'한마디로…….'

카이의 검이 기동력을 상실한 거미의 눈을 베어버렸다.

그가 베어버린 것은 측면에 위치한 여섯 개의 눈, 거미는 사실상 시야가 차단되었다.

"키르륵……."

페르메의 새끼가 크게 당황했다. 무엇이 자신에게 다가오는지를 알아차릴 수 없게 되자, 한마디로 바보가 되었기 때문이다.

푸쉬익, 푸쉬익!

공포를 느끼기는 몬스터도 마찬가지다. 녀석은 주변을 향해 미친 듯이 독침과 거미줄을 뿌려댔다.

'나는 저 녀석이 발작을 멈출 때까지 느긋하게 기다리면 되

는 거지.'

멀찍이 자리 잡은 카이는 인터넷 창을 켜서 유튜브를 구경하면서 시간을 보냈다. 페르메의 새끼가 발작을 멈추기까지 걸린 시간은 3분 정도였다.

'숲 거미는 1분이었는데, 역시 던전 몬스터는 다르네.'

그제야 자리에서 일어난 카이는, 지칠 대로 지친 녀석에게 천천히 다가가 목숨을 끊어버렸다.

[경험치 14,185를 획득합니다.]

"경험치도 좋고, 쉬워. 개꿀이네."

기분이 좋아진 카이는 콧노래를 흥얼거리며 둥지의 깊숙한 곳으로 이동했다.

"으흐흥~"

기분 좋은 소식을 맞이한 카이는 연신 콧노래를 흥얼거렸다.

던전에 들어온 지 오늘로 사흘째, 붉은 주먹 녀석들과의 싸움 이후, 세 개의 레벨을 더 올린 카이는 무려 61레벨이 되었다. 놀의 무덤 때와 마찬가지로 하루에 세 시간씩 자면서 사냥을 했기에 가능한 레벨 업이었다. 카이의 기분이 좋은 이유는 또 있었다.

"어구구, 우리 귀염둥이 피 묻었쪄요?"

바로 60레벨을 찍으면서 장비할 수 있게 된 '깨달은 자의 롱소드'!

그것이 사랑스러워서 견딜 수가 없었기 때문이다.

그르르릉.

카이는 전투가 끝날 때마다 깨끗한 헝겊을 꺼내 롱소드를 청소했다.

'후후, 장비 하나 바꿨을 뿐인데 공격력이 그렇게 올라가다니…….'

깨달은 자의 롱소드를 착용할 수 있게 되면서 페르메의 새끼를 정리하는 데 5분이 채 걸리지 않았다. 몬스터가 더 빨리 죽으니 사냥 속도가 빨라지는 건 당연했다.

게다가 이전에 쓰던 철검과는 다르게, 깨달은 자의 롱소드는 솔리드가 오직 카이만을 위해 제작한 맞춤형 아이템이었다.

"내 손에 아주 딱 맞아."

검의 손잡이를 쥐면, 당장에라도 휘두르고 싶어 손이 근질거린다. 자신만을 위한 검이라는 느낌이 팍팍 들었다.

"자, 그럼 이제……."

원기 회복의 샘을 설치한 카이가 계산을 시작했다.

'붉은 주먹 녀석들도 그렇고, 궁수 남자의 파티도 그렇고, 이제 슬슬 부활할 시간이야.'

부활 페널티인 사흘의 시간이 지났으니 말이다.

카이는 사냥 속도를 올리는 한편, 뒤통수를 항상 경계했다. 놀의 무덤 때와는 다르게 페르메 둥지는 그 존재를 알고 있는 두 파티가 있었으니까.

'휴고 파티는 그렇다 치더라도, 붉은 주먹 같은 경우는 제법 위험하지.'

만약 사냥을 하고 있는 와중에 그놈들이 뒤를 덮친다면 난감해진다.

물론 경고는 해뒀지만, 그들이 그 경고를 받아들일지 말지는 카이도 확신하지 못했다.

"하긴, 그렇게 당하고도 안 오면 남자도 아닌가?"

게다가 그들은 자신들이 운이 나빠서 패배했다고 생각하고 있을 가능성이 높았다. 왜냐하면 정예 몬스터를 사냥하느라 체력과 마나가 너덜너덜한 상태에서 카이에게 기습을 당했기 때문이다.

"여기서 내가 지닌 선택지는 두 가지."

하나는 지금 당장 이 던전을 벗어나서, 다시 로디를 찾으러 가는 것이다. 홀리 익스플로젼만 쓰지 않는다면, 이 넓은 거미의 숲에서 솔플을 하는 자신을 찾을 수 있을 리가 없었다.

'하지만…….'

카이의 시선이 자꾸 둥지의 안쪽으로 향했다. 조금만 더 가면 나오는 것은 이 둥지의 주인인 페르메다. 무려 70레벨의 괴물이기는 하지만, 그만큼 탐스러운 보상을 품고 있을 것이다. 그 녀석을 처치하고 보상을 몽땅 챙기는 것이 두 번째 선택지였다.

'이 던전을 발견한 건 내가 처음이 아니지만, 페르메 사냥을 시도하는 건 내가 처음이지.'

미드 온라인에 존재하는 보스 몬스터들은 처음 잡힐 때, 가장 좋은 아이템을 드랍한다. 카이는 그 기회를 붉은 주먹 길드가 홀라당 집어삼키는 꼴을 보기가 싫었다.

"70레벨이라……."

카이는 여전히 모든 스탯을 힘에 투자하고 있었다. 뒤늦게나마 본격적으로 올힘 사제 육성을 시작한 것이었다. 다른 스탯들이 크게 필요해진다면 모를까, 당분간은 힘 스탯을 주력으로 올릴 생각이었다.

'다행스럽게도 버프 스킬들 덕분에 대미지는 잘 나온단 말이지.'

게다가 신성 폭발을 사용하면 한순간이지만 90레벨에 가까운 스탯을 보유할 수도 있었다.

그럼에도 불구하고 카이는 페르메를 사냥하는 것에 회의적이었다.

"보스를 잡는 건 마라톤이니까."

현재 카이는 마라톤보다는 단거리에 어울리는 상태였다. 상식적으로 따져보면 지금 당장 이 장소를 벗어나는 것이 맞았다.

"쩝……."

카이는 아쉬운 마음을 삼켰다. 굳이 페르메를 잡는 것이 아니더라도, 그에게는 해야 할 일이 많았으니까.

'로디네 가족도 찾아야 하고, 오크 부락도 가야 하고, 하녹스의 시련도 공략해야 되지.'

하나만으로도 머리가 지끈지끈거릴 지경!

머리 아픈 생각은 잠시 접어두고 루팅이나 할 생각으로 자리에서 일어선 카이는 방금 잡은 페르메 새끼의 폴리곤 덩어리를 뒤적거렸다.

[부식된 단검을 획득합니다.]

[하급 독액을 획득합니다.]

['로디의 피 묻은 손수건'을 획득합니다.]

"응?"

루팅된 아이템들을 확인하던 카이의 눈동자가 커졌다.

[로디의 피 묻은 손수건]

설명 : 할머니인 데바가 직접 짜준 부드러운 손수건입니다. 피에 젖고 찢어져서 헝겊처럼 보입니다.

"뭐야……?"

로디의 손수건이 왜 페르메의 새끼를 잡고 나오는 거지?

잠시 멍한 표정으로 머리를 굴리던 카이의 인상이 돌연 찌푸려졌다.

"이런……."

상황을 대충 이해한 카이가 두 손으로 얼굴을 감싸쥐었다.

'재수가 없어도 이렇게 없을 수가 있나!'

미드 온라인에서 원인 없는 결과는 없다. 모든 것은 상호 작용을 한다는 이야기다

그 말은 로디의 손수건이 이곳에 있다는 건, 그럴 만한 이유가 있다는 소리였다.

"실종된 놈 손수건이 여기 있을 이유라고는…… 하나밖에 없지."

로디, 그가 실종된 장소가 바로 이곳이다.

던전의 막다른 골목.

더 이상 공략을 진행할 수 없는 막다른 장소에서, 카이의 시선이 두 개의 입구를 향했다.

'오른쪽은 딱 봐도 보스룸이지?'

거미줄로 칭칭 감겨진 거대한 입구는 누가 봐도 위험해 보였다. 반면 그 옆에 위치한 부서진 벽의 틈새는, 성인 남성이 겨우 기어들어 갈 정도로 협소했다.

'만약 로디가 무사하다면 이쪽에 몸을 숨겼겠지.'

페르메의 둥지를 끝까지 공략했지만 로디의 모습은 찾을 수 없었다. 그렇다면 결국 눈앞의 두 장소 중 한 곳에 있다는 것!

"제발 보스룸은 아니길, 인생 좀 그만 꼬이길. 제발……."

카이는 마치 주문이라도 외우듯 중얼거리면서 벽의 틈새로 기어들어 갔다.

"신성한 빛."

파앗!

환한 빛이 밝힌 안쪽 공간은 카이의 생각보다 훨씬 작았다. 고시원 원룸의 크기와도 비슷한 답답한 공간. 그곳에 쓰러져 있는 소년을 발견한 카이는 안도의 한숨을 내쉬며 그를 부축했다.

"로디, 로디 맞지? 괜찮아?"

"으으……."

로디로 추정되는 소년을 안아 올리자, 그가 힘없이 눈을 떴다.

"아아……."

로디의 말라 비틀어진 입술에서는 피가 나왔고, 도저히 대화를 나눌 수 있는 상태처럼 보이지 않았다. 카이는 곧장 손을 들어 올렸다.

"햇살의 따스함, 블레스."

치유 스킬로 생명력을 회복시키고, 능력치를 상승시키는 버프를 걸었다. 안색이 좀 괜찮아진 것을 확인한 카이는 인벤토리에서 시원한 물을 한 병 꺼내 로디의 입술 사이로 흘려보냈다.

"무, 물!"

로디는 허겁지겁 물을 마셨고, 한 통을 다 마신 후에야 정신을 차리고 카이를 바라봤다.

녀석이 아주 조심스럽게 물었다.

"그, 그런데 누구세요?"

"난 데바 할머니에게서 의뢰를 받아 널 구하러 온 모험가란다."

"아아……!"

그제야 안심을 하고 눈시울을 붉히는 로디. 카이는 웃으면서 그의 등을 토닥였다.

"이제 괜찮으니 같이 나가자. 내가 널 도시까지 안전하게 데려다줄게."

"아, 안 돼요!"

로디가 고개를 도리도리 흔들며 입술을 꽉 깨물었다.

"저 혼자 돌아갈 순 없단 말이에요."

"그게 무슨 소리야?"

"안쪽에 부모님이 잡혀 있어요. 부모님뿐만이 아니라, 마을 사람들도 더 있어요!"

꽈악.

로디의 조그마한 손이 카이의 가슴 부근을 꽉 쥐었다.

"모험가 아저씨. 제발, 제발 부탁드릴게요. 염치없는 건 알지만…… 제발……!"

"……."

카이가 자신의 가슴 부근을 내려다봤다. 방어구 때문에 그 감촉은 느껴지지 않았지만, 눈물을 줄줄 흘리는 로디의 슬픈 표정을 봤기 때문인지 가슴이 욱신거렸다.

'같은 방식이지만, 정말 다르네.'

카이는 문득 며칠 전에 거미의 숲 입구에서 만난 붉은 주먹 길드원들을 떠올렸다.

그들과 로디는 둘 다 자신의 허락 없이 몸에 손을 댔지만, 두 상황에서 느껴지는 감정은 차이가 있었다. 그리고 카이는 그 이유 또한 알고 있었다.

'마음이 느껴지니까.'

자신을 이용해 먹겠다는 더러운 마음과, 소중한 이들을 살리고 싶다는 간절한 마음 그 차이였다.

둘 중 무엇이 사람의 마음을 흔들 것인지는 명백했다.

스윽, 스윽.

카이의 손이 로디의 머리를 부드럽게 쓰다듬었다.

"모, 모험가님?"

로디가 퉁퉁 부어오른 눈을 깜빡이며 카이를 올려봤다. 그 모습을 지켜보던 카이는 웃으며 입을 열었다.

"우선 하나 정정할 게 있어. 나는 아저씨가 아니라, 사제다."

"사제가 뭐예요……?"

"음, 자비와 심판의 신인 헬릭을 모시는 태양교는 알지?"

"그건 알아요."

"난 헬릭 님께서 지상의 어려운 자들을 도와주라고 보낸 사제…… 그러니까, 천사 같은 거야."

"천사요?"

로디의 두 눈동자가 카이의 전신을 빠르게 훑었다.

"천사처럼 보이지는 않으신데……."

"……."

꽈악.

로디의 머리를 쓰다듬던 카이의 손아귀에 힘이 약간 들어갔다.

"뭐라고?"

"아, 아무것도 아니에요. 천사 같은 사제님."

"옳지, 착하다."

다시금 미소를 되찾은 카이는 로디를 바닥에 내려놓으며 장비를 점검했다.

솔직히 말하자면 로디만 데려가도 데바의 퀘스트는 완료될 것이다. 하지만 로디의 간절한 눈물에 퀘스트나 보상에 대한 생각이 깨끗하게 씻겨나갔다.

'이런 기분, 오랜만인데.'

선행 스탯이나 보상을 바라지 않고, 누군가를 진심으로 도와주고 싶은 마음, 태양의 사제로 전직을 하고 난 이후로 거의 처음 느끼는 감정이었다.

스윽, 스윽.

로디의 머리를 다시 한번 쓰다듬은 카이가 담담하게 말했다.

"조금만 기다려. 모두 구해올 테니까."

"후우……."

카이는 횃불을 든 채 한숨을 푹푹 내쉬고 있었다. 로디에게 큰소리는 쳐놨지만, 눈앞의 거대한 입구를 보자 자신감이 뚝뚝 떨어졌기 때문이다.

'솔직히 들어가기 싫다.'

게임 오버를 당할 수도 있다는 생각이 머릿속을 떠나지 않았다. 사흘의 사망 페널티를 받는 건 카이뿐만 아니라, 그 어떤 유저도 달가워하지 않는다.

하지만 다시 한번 로디의 눈물이 떠올랐다. 사랑하는 부모님을 잃을지도 모른다는 어린아이의 마음. 그 슬픈 눈동자를 떠올린 카이는 횃불로 거미줄에 불을 붙였다.

치지지지지직.

불은 페르메의 기름진 거미줄로 금방 옮겨붙었다.

화르르르르륵!

거미줄이 순식간에 제거되고, 수많은 고치로 가득 찬 보스룸이 한눈에 들어왔다.

'안쪽은 제법 넓은데?'

내부는 마치 운동장을 연상시킬 정도로 거대했다. 벽의 곳곳에 횃불이 걸려 있었지만 그럼에도 꽤 어두운 공간이었다.

카이가 안쪽을 바라보자 메시지창이 떠올랐다.

[경고합니다. 보스 방에 입장하면 전투가 끝나기 전까지 로그아웃과 귀환의 사용이 금지됩니다. 그래도 입장하겠습니까?]

"아니……."

[입장을 취소합니다.]

"아니, 아니야. 들어갈게."

카이를 밀어내던 무중유의 힘이 순식간에 흩어졌다.

검을 뽑아든 카이가 안쪽으로 한 발자국 내디딘 순간, 땅이 울렸다.

"땅이 왜 울리지?"

불안한 마음이 온천처럼 샘솟았다.

카이는 부정적인 생각을 간신히 억눌렀다.

"다, 단순한 지진이겠지."

하지만 카이의 생각은 당연히 빗나갔고, 곧 거대한 그림자가 그를 덮쳤다.

동굴 내부라기엔 넓은 공간. 그리고 그 넓은 내부의 절반 이상을 차지하는 더욱 거대한 그림자!

카이의 고개가 천천히 위로 올라갔다.

"……."

그의 눈에 들어온 것은 우둘투둘한 돌기가 튀어나와 있는 흉측한 검은색의 거미!

하지만 무엇보다 두려운 것은 그 크기였다.

어색한 웃음을 지은 카이가 집채만 한 거미에게 공손하게 물었다.

"하, 하하…… 혹시 그쪽이 페르메……님?"

공손한 대답에 돌아온 것은, 험악한 포효였다.

"끼아아아아아아아아악!"

"이런, 젠장!"

그 시끄러운 소리에 인상을 찡그린 카이가 두 귀를 막았다.

곧바로 전투 상태가 되었고, 페르메에 대한 정보가 떠올랐다.

[난폭해진 거미들의 여왕 페르메 LV. 75]

"진짜 페르메잖아!"

그녀는 건물의 기둥처럼 두꺼운 여덟 개의 다리를 순식간에 움직이며 카이에게 돌진했다.

"그리고 70레벨이라며!"

카이가 비명을 내질렀지만, 지금은 불평을 하기에는 영 좋지 않은 상황!

그의 손아귀에 잡힌 놀 언데드 치프의 스태프가 흔들렸다.

"열 마리, 열 마리, 열 마리. 신이시여, 제발 열 마리!"

두 손을 공손하게 모은 카이가 맹렬하게 돌아가는 원판을 향해 연신 고개를 꾸벅꾸벅 숙였다.

그리고 서서히 속도를 늦춘 돌림판이 멈춘 숫자는…….

[꽝! 아쉽네요. 다음 기회를 노려보세요.]

"꽈, 꽝이라고? 이런 미친, 꽝이 왜 있어, 꽝이!"

어쩐지 돌림판 칸이 11개더라!

안 될 놈은 뭘 해도 안 되는 것이 이 세상의 법칙!

카이는 울고 싶은 표정을 지으며 도망쳤다.

카이가 도망치기 시작했지만 입구는 이미 페르메의 거미줄로 막힌 상태였다.

결국 하나의 선택지를 잃어버린 카이는 그대로 방향을 틀어 왼쪽으로 도망쳤다.

콰앙, 콰앙, 콰아앙!

페르메가 다리 하나를 뻗을 때마다 동굴이 무너져 내렸다.

"이거 네 집이잖아, 왜 부수고 난리야. 나중에 보수할 거 생각 안 하냐?"

친절한 카이는 페르메의 지갑 사정을 걱정해 줬지만, 그녀가 알아들을 리 만무, 오히려 이리저리 도망 다니는 카이에게 화가 난 녀석이 고개를 뒤로 젖혔다.

"코로로로록……."

마치 24년 차 흡연자의 가래를 끓는 듯한 소리!

카이는 본능적으로 지독한 무언가가 날아온다고 판단, 황급히 몸을 날렸다.

퉤엣, 치이이익!

바닥을 그대로 녹여 버리는 페르메의 치명적인 독!

그 모습을 확인한 카이의 안색이 하얗게 질렸다.

'저딴 건 맞기 싫어!'

75레벨의 보스 몬스터가 쏘아내는 극독이다. 해독을 하기도 전에 빈사 상태에 빠질 것이 분명했다. 그리고 무엇보다 냄새가 고약했다.

"젠장, 어쩔 수 없지!"

인벤토리를 연 카이가 웜 리자드의 혈액을 이용해 마탑에서 만들었던 세 종류의 포션을 꺼내 들었다.

[저항력 증가 포션 LV. 3]

5분 동안 각종 상태 이상 저항력이 증가합니다.

[속도 증가 포션 LV. 3]

5분 동안 모든 속도가 증가합니다.

[공격력 증가 포션 LV. 3]

5분 동안 물리 공격력과 마법 공격력이 증가합니다.

카이가 이름 붙이기를 이른바 도핑 3종 세트!

'젠장, 이거 경매장에 팔면 족히 50실버는 받을 수 있는데!'

하지만 목숨이 위험한 판국이었기에, 카이는 과감한 투자를 감행했다.

'포션은 이제 각각 9병씩 남았다.'

만약 이 전투에서 그 포션들을 모두 마신다면 무려 50만 원을 사용하는 꼴이다.

"그래, 전부 마시는 한이 있어도 너는 반드시 잡는다!"

카이의 몸놀림이 기민해졌다. 포션의 힘도 있었지만, 저 거대한 거미를 자신의 발아래에 놓겠다는 각오가 섰기 때문이었다.

'여태까지 파악한 공격 패턴은 총 네 개.'

카이라고 아무런 대책 없이 도망만 친 것은 아니었다.

그는 도망을 치면서 페르메의 공격 패턴을 분석했다. 페르메는 기본적으로 몇 가지 패턴의 공격을 상황에 따라 절묘하게 사용했다.

'독 뿌리기, 몸통 박치기, 여덟 개의 다리로 땅을 미친 듯이 내려찍기, 마지막으로 거미줄 난사. 이 정도인가?'

다른 거미 타입 몬스터와 크게 다르지 않은 패턴이었다. 그나마 다른 점이 있다면, 다른 몬스터들의 공격은 몇 번 맞아도 허허 웃을 수 있는 반면 이 녀석의 공격은 한 대라도 맞는 순간 비명을 내질러야 한다는 것이었다.

"그리고……."

페르메의 고개가 뒤로 크게 젖혀지는 순간 카이의 눈이 반짝였다.

'저건 독을 뱉기 전의 행동이다!'

상황 파악이 끝나자 앞으로 뛰쳐나갔다.

"신성 폭발!"

카이의 움직임이 더욱더 빨라졌다.

당황한 페르메가 평소보다 조금 빨리 독을 내뱉었다.

퉤에엣!

'피할 수 있어!'

확신을 가진 카이는 그대로 바닥을 미끄러졌다.

치지이익…….

페르메의 독액이 투구의 윗부분을 살짝 스쳐 지나갔다. 독액을 피해 페르메의 배 밑에 도착한 카이는 손을 쭉 뻗었다.

"이거나 먹어라! 홀리 익스플로전!"

쾌아아아아앙!

백색 광선이 거미의 급소인 배를 정확하게 강타했다.

"끼에에에에엑!"

페르메가 전투 시작 이래 처음으로 비명을 질렀고, 그 강력한 위력에 녀석의 거대한 몸이 잠시나마 허공에 붕 떴다.

'체력, 녀석의 체력은?'

곧장 페르메의 체력을 확인한 그의 얼굴이 짙은 패색으로 물들었다.

홀리 익스플로전은 현재 카이가 사용할 수 있는 스킬 중에서 가장 높은 공격력을 지니고 있다. 게다가 급소를 공격했을 때 1.5배의 대미지가 들어간다는 것을 감안하면, 녀석의 체력이 1%밖에 깎이지 않은 것은 절대로 납득할 수 없다.

"캬아아아악!"

쾅, 쾅, 콰아앙!

카이에게 배를 가격당한 페르메는 여덟 개의 다리로 땅을 미친 듯이 찔러댔다.

마치 탭 댄스를 추는 듯한 녀석의 움직임을 요리조리 피하던 카이는 이 상황을 타개할 방법을 고민했다.

'이건 뭔가 이상해.'

아무리 페르메가 75레벨의 보스 몬스터라고 해도, 신성 폭발까지 사용한 자신의 공격이 고작 생명력 1%를 깎았다는 건 절대 말이 안 된다. 생각할 수 있는 이유는 하나뿐이다.

'이 녀석, 약점이 따로 있구나.'

던전에는 종종 이런 종류의 보스 몬스터가 등장하기도 했다.

일반적인 보스 몬스터는 공격을 피해 다니며 아무 곳이나 때려도 대미지가 들어갔지만, 이렇게 다른 곳을 때려도 대미지를 입지 않는 녀석들은, 정확한 타이밍에 정확한 위치를 공격해야만 대미지를 줄 수 있었다.

한마디로 약점의 위치를 빠르게 찾는 것이 공략의 핵심!

카이의 눈이 녀석의 전신을 훑었다.

'약점, 약점, 약점…….'

하지만 녀석의 몸이 워낙 거대하다 보니, 약점도 한눈에 들어오지 않았다. 카이는 우선 신성 폭발을 비활성화로 돌린 뒤 자신의 신성력을 확인했다.

'남은 신성력은 7,200 정도…….'

무리하면 신성 폭발을 7초 더 사용할 수 있는 양이다.

카이는 우선 모든 신경을 파르메의 공격을 피하는 데 집중했다.

"키라라라락!"

쾅, 콰앙, 콰과광!

자신의 둥지를 무너뜨릴 기세로 돌진을 하는 페르메!

카이는 그때마다 아낌없이 몸을 던져 겨우 목숨을 부지했다.

물론 그 과정에서 계속해서 조금씩 피해를 입고 있었다.

[낙석에 깔렸습니다. 2,500의 대미지를 입었습니다.]

[독 웅덩이에 빠졌습니다. 상태 이상 '중독'에 걸렸습니다.]

[초당 800의 대미지를 입습니다.]

[돌멩이에 맞았습니다. 상태 이상 '출혈'에 걸렸습니다.]

[출혈이 멈추기 전까지 초당 200의 대미지를 입습니다.]

그리 큰 대미지는 아니었지만, 여러모로 짜증 나는 피해들들이 누적됐다.

카이는 상태 이상이 걸릴 때마다 햇살의 따스함을 사용해 이를 정화하기를 반복했다.

"젠장, 이런 식으로는 끝이 없잖아!"

척 보기에도 페르메는 전혀 지친 것 같지 않은 모습이다.

'침착하자, 침착해.'

카이는 조급한 마음을 털어내고 머리를 차갑게 식혔다.

'공략이 불가능한 보스를 만들었을 리가 없잖아.'

물론 이곳은 던전이니 파티플레이를 위주로 만들어졌을 수는 있다. 하지만 그렇다고 솔로 플레이를 하는 유저는 절대로 깰 수 없게 만들었을 리도 만무했다.

한참 동안 공격을 피하던 카이가 결론을 내렸다.

'밑에서는 약점을 찾아볼 수 없어.'

다리도 공격해 보고, 배도 공격해 봤지만 대미지는 들어가지 않았다. 그렇다면 남은 장소는 한 곳뿐이었다.

'위다!'

녀석의 거대한 몸통의 위, 카이의 시야에 닿지 않는 곳!

카이는 녀석의 약점이 그곳에 있다고 생각했다.

'그럼 어떻게 해야 녀석의 몸 위에 올라탈 수 있지?'

순식간에 두세 가지 방법이 떠올랐다.

하나는 녀석의 다리를 타고 올라가는 것, 그리고 또 다른 하나는 녀석의 여덟 개 다리를 모두 잘라내 무릎 꿇리는 것이었다.

"아니지. 굳이 내가 올라갈 필요는 없잖아."

카이는 곧장 벽에 달려 있는 횃불 하나를 뜯어냈다.

그의 시선이 향하는 곳은, 천장에 달려 있는 무수한 고치!

"이용할 수 있는 건 전부 이용해야지!"

힘껏 던진 횃불이 천장의 고치들을 향해 날아갔다.

화르르르륵!

보스 룸의 거미줄을 제거할 때도 느꼈지만, 페르메의 거미줄은 불에 취약한 모습을 보였다. 도미노처럼 옮겨붙은 불은 순식간에 천장을 불바다로 만들어버렸다.

"키아아악?"

머리 위에서 뜨거운 기운이 느껴지자 고개를 돌리는 페르메!

그런 녀석을 향해 불타는 고치들이 후두둑 떨어지기 시작했다.

"이게 바로 고치 스트라이크다!"

물론 카이라고 무사하지는 않았다. 천장의 고치가 대상을 알아보고 떨어질 리가 없으니까. 하지만 덩치가 작아서 떨어지는 고치를 잘 피할 수 있는 그와는 다르게, 페르메는 고치가 떨어지는 족족 얻어맞기 시작했다.

'대미지가 박힌다!'

카이의 눈이 빛났다.

수백 개의 고치에 적중당한 페르메의 체력이 40%나 날아갔기 때문이다.

"캬아아아아아악!"

비명을 지르던 페르메가 자세를 낮추며 몸을 웅크리자, 카이는 잽싸게 그 위로 올라탔다.

"역시!"

카이가 쾌재를 불렀다.

다리와 배 쪽은 온갖 돌기와 단단한 껍질이 방어하고 있는 반면, 등과 머리 부분은 다른 거미와 다를 바 없는 부드러운 껍질을 지니고 있었다.

"신성 폭발."

버프를 사용한 카이는 깨달은 자의 검을 녀석의 등에 단단하게 박아넣은 다음 손잡이를 거꾸로 잡고 그대로 앞으로 달려 나갔다.

찌지지지지직!

"캬아아아아아아악!"

마치 커터 칼로 종이를 베듯, 두부처럼 갈라지는 페르메의 등짝!

등짝이 벌어지는 고통에 페르메가 온몸을 뒤틀면서 괴로워했다.

쿠웅, 쿵!

녀석의 몸이 벽에 부딪힐 때마다 천장에서 낙석들이 떨어졌다. 하지만 그것들 또한 페르메의 생명력을 깎는 데 도움을 줬다.

'이거, 여기서 끝낼 수도 있겠는데?'

카이가 녀석의 등과 머리를 집중적으로 공략하자, 녀석의 체력은 순식간에 30%까지 줄어들었다. 그야말로 고지가 눈앞이라는 느낌이었다.

하지만 페르메 또한 숨겨진 한 수를 가지고 있었다.

푸쉬이이이익!

갑자기 녀석의 등에서 보라색 연기가 뿜어져 나왔다. 공기를 통해 퍼져나간 독가스는 순식간에 카이를 중독시켰다.

"커억!"

[상태 이상 '중독'에 걸렸습니다.]

[초당 1,500의 대미지를 입습니다.]

"햇살의 따스함!"

겨우 중독의 효과를 풀었지만, 이미 페르메는 몸을 흔들어 카이를 떨어뜨린 후였다.

"이런."

카이가 자신의 위에 올라오면 위험하다는 것을 인지했는지, 거리를 벌린 채 거미줄과 독침만 뱉어내는 졸렬한 페르메!

검 또한 녀석의 머리에 박혀 있는 터라, 현재 카이가 지닌 공격 수단은 홀리 익스플로젼밖에 없었다.

'홀리 익스플로젼으로 녀석에게 대미지를 주려면……'

녀석의 몸 위를 공격해야 한다.

하지만 직선으로 뻗어나가는 홀리 익스플로젼이 그런 공격을 할 수 있을 리가 없었다.

다른 사람이라면 진작 포기했을 절망적인 상황이었지만, 카이는 오히려 눈을 빛냈다.

"홀리 익스플로전!"

콰아아앙!

또 한 번의 백색 섬광이 어두운 보스 룸을 환하게 물들였다.

"키에에에엑!"

자신을 빗나간 카이의 공격을 비웃는 페르메!

하지만 신기하게도 카이의 입에도 미소가 걸려 있었다.

"됐다."

카이가 천장에 때려 박은 것은 무려 스무 번의 홀리 익스플로전!

일개 유저가 지형이나 다름없는 천장을 단번에 무너뜨릴 수 있을 리가 없다.

'하지만 한 번이 아니라 수십 번이라면?'

카이가 노린 것은 바로 천장의 붕괴였다. 천장을 모두 무너뜨리겠다는 광오한 꿈은 품지도 않았다.

그가 원하는 것은 천장의 일부분, 그랬기에 그가 쏘아낸 홀리 익스플로젼은 천장을 동그란 점선의 모양으로 강타한 상태였다.

'이제 저 중심 부근에 충격만 가하면 된다.'

결론을 내린 카이는 신성 폭발을 사용했다.

푸쉬이이익!

순식간에 찜질방이 생각날 정도로 체온이 올라갔다.

그럼에도 불구하고 미소를 잃지 않은 카이는 곧장 페르메에게 달려들었다.

"키에에엑!?"

카이가 달려들자 깜짝 놀라며 뒤로 물러나는 페르메!

녀석은 물러나는 와중에도 독침과 거미줄을 미친 듯이 발사했다.

'이게 마지막 관문!'

카이는 마지막 집중력을 끌어내 날아오는 모든 투사체를 피하기 시작했다.

팟, 팟, 파앗!

아슬아슬하게 카이의 몸을 스쳐 지나가는 페르메의 공격!

가까스로 녀석의 모든 공격을 피해낸 카이가 바닥으로 미끄러졌다.

투두두두둑.

미끄러지는 와중에 오른손을 곧게 뻗은 카이의 입에서, 우렁찬 소리가 튀어나왔다.

"홀리 익스플로전!"

콰아아아아앙!

동그랗게 그려놓은 점선의 정중앙 부근을 강타한 홀리 익스플로전!

드드드드득.

그것은 지금까지 대미지를 쌓아놓은 천장을 단숨에 무너뜨려 버렸다.

콰르르르르!

둑이라도 터진 것처럼 쏟아져 내리는 거대한 낙석들!

페르메의 배 밑에 숨은 카이는 녀석을 방패로 삼으며 연신 힐을 사용했다.

"햇살의 따스함, 햇살의 따스함, 햇살의 따스함!"

본의 아니게 카이를 보호하게 된 페르메!

"캬아아아아악!"

그녀는 당장에라도 몸을 움직여 카이를 죽이려고 했지만, 천장에서 떨어지는 바위들이 그것을 허락하지 않았다.

쾅, 콰앙, 콰아앙!

조금 전의 불타는 고치들이 잽이었다면, 지금 그녀의 등짝을 강타하는 바위들은 묵직한 스트레이트!

페르메의 체력이 빠른 속도로 줄어들기 시작했다.

'20%, 15%, 10%…….'

천장의 낙석 세례가 끝났을 때 녀석에겐 고작 1%의 체력만이 남아 있었다.

"됐다!"

카이가 승리의 미소와 함께 녀석의 배를 향해 손을 뻗었다.

"홀리 익스플로젼!"

콰아아아앙!

광선에 얻어맞은 페르메의 배가 산산이 조각나며 부서졌다.

"끼아아아아아악!"

구슬픈 비명을 내지른 페르메는 다리 부분부터 천천히 폴리곤으로 변하며 서서히 흩어졌다.

난장판이 되어버린 동굴에 홀로 남겨진 카이는 몸을 덮은 흙을 털어내며 슬며시 일어났다.

"이, 이긴 거지?"

본인이 저지르고도 믿기지 않는 대형사고!

하지만 눈과 귀를 어지럽히는 메시지들의 향연이 그 사실을 입증해 줬다.

띠링!

[난폭해진 거미들의 여왕, 페르메를 처치했습니다.]

[경험치 250,000을 획득합니다.]

[레벨이 올랐습니다.]

[레벨이 올랐습니다.]

[레벨이 올랐습니다.]

[스탯 포인트를 15개 획득합니다.]

[거미 숲의 지배자인 페르메를 단독으로 처치했습니다. 명성이 3,000 증가합니다.]

[스페셜 칭호, '여왕 살해자'를 획득합니다.]

"우와!"

그야말로 피로를 잊어버리게 만드는 마법의 문장들!

게다가 그중 대미를 장식한 건 무려 스페셜 칭호였다.

"칭호 도감."

카이는 곧장 도감을 펼쳤다.

[여왕 살해자]

등급 : 스페셜

내용 : 거미들의 여왕 페르메를 단독으로 처치한 유저에게 주는 칭호.

[효과]

모든 스탯 +3

독 저항력 +30

거미 타입의 몬스터에게 선제공격을 받지 않음.

(이 효과는 칭호를 착용하지 않아도 적용됩니다.)

"크으, 이거지!"

카이의 입에서 막걸리 한 사발을 걸친 듯한 구수한 탄성이 흘러나왔다.

같은 스페셜 칭호라고 하나, 웜 리자드 슬레이어와는 비교를 불허하는 고고한 칭호!

느낌 있게 어깨춤을 추던 카이는 새롭게 추가된 스탯 포인트를 물끄러미 바라봤다.

"아, 그야 당연히 힘이죠!"

단번에 15포인트나 상승하는 힘!

카이는 불끈불끈한 힘을 느끼며 기분 좋게 외쳤다.

"역시 올힘 사제가 최고야."

14장
진정한 보상

페르메의 둥지에서 성장한 스탯들을 확인한 카이가 밝은 표정으로 고개를 끄덕였다.

'여왕 살해자 칭호, 확실히 스페셜의 이름값은 하네.'

이번 던전을 공략하면서 얻은 가장 큰 수확이라고 하면 단연 '여왕 살해자' 칭호였다. 스페셜 칭호인 데다가 아쉬운 능력이 하나도 없었기 때문이다.

[카이]

[직업 : 태양의 사제]

[레벨 : 64]

[칭호 : 신의 대리자]

[생명력 : 16,700]

[신성력 : 23,100]

[능력치]

힘 : 172 / 체력 : 167

지능 : 71 / 민첩 : 82

신성 : 231 / 선행 : 38

캐스팅 시간 30% 감소

스킬 쿨타임 % 감소

받는 대미지 3% 감소

독 저항력 +30

"자, 그럼 이제 애피타이저는 먹었고……."

욕망으로 번들거리는 카이의 두 눈동자가 한쪽으로 향했다. 바로 아이템이라 불리는 주 요리를 먹을 차례였다.

'후후, 게다가 페르메는 내가 퍼스트 킬이지?'

보스 몬스터는 처음 죽을 때 가장 좋은 아이템을 드랍한다.

카이는 엄청난 아이템이 있어도 심장 마비에 걸리지 않도록 천천히 스트레칭을 했다.

하나, 둘, 하나, 둘!

경건한 자세로 기도까지 마친 그는 페르메를 처치하고 나온 보물 상자를 조심스레 열었다.

"오오오……!"

상자를 열어 구성품을 확인한 카이가 흥분을 토해냈다.

"단검 하나랑 골드…… 그리고 저건 포션인가?"

카이는 우선 단검의 정보부터 확인했다.

[페르메의 독니]

등급 : 레어

공격력 64~89

민첩 +5

착용 제한 : 레벨 75, 민첩 90

내구도 76/76

설명 : 거미 숲의 여왕으로 군림한 페르메의 치명적인 독이 부여된 날카로운 단검입니다.

[특수 효과]

공격 시 10% 확률로 주변에 '독기' 방출.

독기는 중독된 대상에게 1초당 1,500의 대미지를 줍니다.(지속 시간 3초, 쿨타임 30초)

"괜찮네."

카이가 직접 쓸 정도는 아니지만, 경매장에 등록해 두면 제법 비싸게 팔릴 만한 아이템이다.

'단검은 수요가 높은 무기인 데다가, 이 정도 옵션이면 유니크 무기랑 비교해도 꿇리지 않아.'

도적 유저라면 군침을 줄줄 흘릴 정도의 레어 무기였다.

이 정도만 되어도 던전을 공략한 보람은 충분히 느껴졌다.

'하지만 이걸로 끝이 아니지.'

카이는 곧장 30골드를 주운 뒤, 상자 안에 있던 독병도 확인했다.

[페르메의 독]

설명 : 치명적인 극독입니다. 물에 풀어서 사용하거나, 제작 재료로 사용할 수 있습니다.

"흠, 이건 좀 애매한데."

어떻게 사용해야 할지 감이 잡히지 않는 물건이었다.

'장비를 제작할 때 추가하면…… 페르메의 단검처럼 독기 방출 같은 효과가 붙는 건가?'

하지만 물에 풀어서 사용할 수 있다는 건, 이 자체로도 독처럼 사용할 수 있다는 뜻이다.

'유저들이나 NPC를 상대로 독을 쓸 날이 올까 모르겠네.'

정확한 가치를 파악하기 힘들기 때문에 경매장에 올리기가 상당히 애매했다.

카이는 당분간 본인이 보관하기로 마음먹고 병을 인벤토리에 집어넣었다.

"자, 그럼 보상 확인도 끝…… 어?"

상자를 닫으려는 카이의 눈에, 조그마한 책자가 들어왔다.

"잠깐, 이거 설마, 아니지?"

덜덜 떨리는 손을 뻗어 겨우 붙잡은 책!

카이는 마찬가지로 떨리는 목소리를 겨우 끄집어냈다.

"아, 아이템 감정."

[스킬 북-검은 과부의 독]

등급 : 레어

사용 제한 : 흑마법사, 네크로맨서, 도적

설명 : 적을 중독시킨 뒤 혼란, 기절, 침묵, 실명, 슬로우 효과 중 하나를 추가적으로 부여합니다.

"……."

카이의 눈이 화등잔만 해졌다.

혹시나 했던 스킬 북이 진짜로 튀어나올 줄이야!

물론 던전의 보스가 확률적으로 스킬 북을 드랍한다는 것은 알고 있었다.

'하지만 페르메의 독니 때문에 다른 건 기대하지 않았는

데…….'

뚜껑을 열고 보니 페르메의 독니가 덤이고, 스킬 북이 진짜 보상이나 다름없었다.

레어 스킬 북 같은 경우는 1,000만 원이 넘는 가격에 거래되는 경우도 허다하기 때문이다.

'스킬 효과도 이렇게나 좋다니!'

자신이 사용할 수 없다는 사실에 짙은 아쉬움이 남을 정도였다.

'하지만 확실히 돈은 되겠지.'

안 그래도 엄마의 생신이 다가오는데 경매장에 내놓은 물품들이 팔리지 않아 조마조마하던 차였다. 그 와중에 이렇게 든든한 돈줄이 손에 들어오니 천군만마라도 얻은 기분이었다.

"그럼 이제 진짜 끝인가?"

스킬 북의 교훈을 밑거름 삼아, 카이는 상자를 아예 거꾸로 뒤집고 탈탈 털었다.

툭.

그런 카이의 앞에 떨어지는 조그마한 구슬!

"또, 또 뭔가 있다!"

입이 찢어져라 환한 미소를 지은 카이는 곧장 그것을 들어 올렸다.

[어둠의 정수 조각]

설명 : 대상의 성격을 난폭하게 바꾸는 부정적인 기운이 잠재된 조각이다.

"뭐야, 이게?"

카이의 눈살이 찌푸려졌다.

설명은 간단하기 그지없고, 등급이나 어떻게 사용하라는 말도 없었다.

'어둠의 정수?'

카이의 머리가 빠르게 굴러갔다.

'그러고 보니…….'

이 던전에 등장했던 페르메와 녀석의 새끼들은, 모두 수식어를 달고 있었다.

"'흉포해진, 난폭해진'이라는 수식어였지."

그렇다면 이 조그마한 파편이 그들과 연관이 있는 것은 아닐까? 자신의 비약일 수도 있다.

'하지만 거미의 숲은 얼마 전까지만 해도 인기가 없던 사냥터였어.'

근래에 갑자기 인기가 많아진 사냥터라는 뜻이다. 그 이유는 거미의 숲에 출현하는 거미 몬스터들의 레벨이 높아졌기 때문이다. 카이가 페르메의 둥지에 들어오기 전까지 상대하던 숲 거미들의 레벨은 최소 50이 넘었다.

'하지만 커뮤니티를 뒤져보면, 한 달 전만 해도 숲 거미의 레벨은 평균 38 수준이었어.'

그렇다면 무엇인가가 그들의 성장을 촉진시켰다는 뜻!

카이는 자신이 쥐고 있는 어둠의 조각이 이것과 어떤 식으로든 관련이 있다고 생각했다. 그도 그럴 것이, 모든 상황이 잘 맞물린 톱니바퀴처럼 매끄럽게 연결되어 있었다.

"오크 주술사 토벌만 끝나면 다시 도서관에 가 봐야겠어."

한숨을 내쉰 카이가 어둠의 정수 조각을 잘 보관하며 몸을 일으켰다.

'일단 어둠의 조각에 대한 생각은 여기까지. 지금은 붙잡힌 사람들을 찾는 게 우선이야.'

카이의 시선이 어떤 한쪽을 향했다. 전투 중에도 계속 신경이 쓰였던 장소였기에 자연스럽게 눈길이 간 것이었다.

'보스방에 다른 곳으로 향하는 문이 있다니, 누가 봐도 수상하잖아?'

석문에 다가간 카이가 그대로 문을 열자, 벽면이 무너져 내리면서 텁텁한 먼지가 피어올랐다.

손사래를 치며 안쪽으로 들어간 카이의 두 눈이 커졌다.

"……"

안쪽에는 사람 크기의 고치가 수십 개나 있었다. 깜짝 놀란 카이가 허겁지겁 고치들을 찢어보니 안에는 사람이 들어 있었다. 그 수가 무려 14명!

카이는 서둘러 그들을 꺼냈다. 하지만 그들은 눈을 뜨지 못하고 있었다.

'대체 왜?'

카이는 자세를 낮추고 사람들의 코에 귀를 가져다댔다.

'숨은 쉬고 있어. 그럼 아직 죽은 건 아니야.'

그렇다면 아직 늦은 게 아니다!

눈을 반짝인 카이의 몸에서 신성력이 휘몰아쳤다.

"매스 블레스!"

어둡고 텁텁한 공간을 가득 채우는 성스러운 축복의 기운!

매스 블레스의 영향으로 신체 능력이 강화된 사람들의 안색이 크게 나아졌다. 하지만 아무도 눈을 뜨지 않았다.

결국 카이는 돌아다니며 한 사람씩 치유 스킬을 사용해 주기 시작했다. 카이는 진심으로 그들이 눈을 뜰 수 있기를 바라며 간절하게 이야기했다.

"제발 눈을 떠주세요."

"집에서 가족들이 기다리고 있을 겁니다."

"조금만 더 힘을 내십시오!"

계속해서 치유 스킬이 사용되었고, 그때마다 카이의 손이 빛을 뿜어냈다.

카이의 마음이 하늘에 닿아서일까? 치료를 받은 사람들이 하나둘 머리를 부여잡으며 몸을 일으켰다.

"으윽…… 어지러워."

"여기는……?"

"우읍, 속이 안 좋아……."

다들 상태가 그리 좋아 보이지는 않았지만, 하나둘 눈을 뜨고 정신을 차렸다. 그것을 확인한 카이는 그제야 안도의 한숨을 내쉬었다.

"후우…… 정말 다행이다."

비록 NPC라고는 하나, 눈앞에서 죄 없는 사람들이 죽어가는 것을 보는 일은 누구나 괴롭다.

카이는 진심으로 다행이라고 생각하며 그들에게 빵과 물을 나누어줬다.

"다들 수분이 부족하고 허기진 상태일 겁니다. 우선 물부터 마시고 빵은 꼭꼭 씹어 드세요."

"가, 감사합니다!"

"모험가님이 아니었다면 저와 제 아내는 이미……."

"의식이 희미해질 때 당신의 목소리가 들렸습니다. 조금만 더 힘을 내라고, 꼭 살아달라고……. 그 말이 정신을 밑바닥에서 끌어올려 줬습니다."

모여든 NPC들은 카이가 마치 성자라도 되는 양 고개를 숙이고 기도를 올렸다.

“아니요, 딱히 보상을 노리고 한 것도 아닌데요. 그냥 사제의 본분에 충실한 것뿐인데…….”

카이가 난처한 듯 손사래를 쳤지만, NPC들은 계속해서 감사의 인사를 건넸다.

“모험가님이 없었다면, 우리는 지금쯤 그 거대한 거미에게 잡아먹혔을 겁니다.”

“저희를 살리기 위해서…… 그 거대한 거미와 싸우셨겠지요.”

“그것만으로도 칭송받아 마땅합니다.”

“정말 감사합니다. 덕분에 집에서 기다리는 가족들을 다시 볼 수가 있게 되었습니다!”

“오늘부터 자비와 질서의 신인 태양신 헬릭을 섬기겠습니다.”

“…….”

쉬지 않고 이어지는 NPC들의 감사 인사를 받던 카이의 입술이 꾹 다물어졌다.

‘내가 왜 이걸 잊고 있었지?’

마치 망치에 얻어맞은 것처럼 뒤통수가 얼얼했다.

선행을 베풂으로써 얻을 수 있는 기쁨이란, 고작 선행 스탯 따위와는 비교도 할 수 없는 것이었다.

‘그래 선행의 진정한 보상은…… 가슴을 따뜻하게 해주는

저런 밝은 미소지.'

태양의 사제로 전직을 하며 선행 스탯을 올릴 수 있는 퀘스트만 수행해왔던 카이는 자신의 과거에 부끄러움을 느끼며 얼굴을 붉게 물들였다.

'아니야. 잘못해왔다는 걸 알았으니 지금부터라도 고치면 돼.'

자신의 실수를 인정하지도 않고 단점을 보완하지도 않아 발전하지 못하는 사람들과는 달리 카이는 잘못을 빠르게 인정할 줄 아는 사람이었다.

'선행 스탯을 쌓고 강해지는 것도 중요하지만, 지금의 이 감정을 잊고 싶지 않아.'

초심을 되찾은 카이의 눈동자가 호수처럼 맑고 투명하게 빛났다. 오히려 후련하고 시원한 감정이 들었다.

태양의 사제로 전직한 후, 어깨 위에 짊어지고 있던 선행 스탯을 올려야 한다는 짐을 내려놓았기 때문이다.

그때였다.

띠링!

[예로부터 신이란 많은 사람에게 사랑과 구원을 준 존재입니다. 그리고 신들이 지상에 친히 내려줬다는 성자 또한 마찬가지입니다. 비록 당신이 구한 사람의 수가 많지 않다 한들, 저들이 당신

으로 인해 구원받은 것은 명명백백한 사실입니다. 저들을 구하고자 했던 당신의 진심 어린 마음과 행동은 그 누구보다 용감하고 성스러운 행동이었습니다.]

[칭호, '글렌데일의 성자'를 획득합니다.]
[새로운 스탯, '위엄'이 개방됩니다.]
[음유시인들이 당신의 업적을 매일 밤 주점에서 노래할 것입니다. 명성이 2,000 상승합니다.]
[태양교의 공헌도가 1,500 증가합니다.]
[태양교의 전파 속도가 15% 빨라집니다. 여태껏 자신이 믿을 종교를 찾지 못한 사람들이 태양신 헬릭의 이름 아래에 모여들 것입니다.]
[칭송받아 마땅할 이 업적은 대륙에 널리 퍼질 것이며 교단에서도 당신을 주시하게 됩니다.]
[시민들을 구하고자 하던 당신의 진실한 마음이 태양신 헬릭의 심금을 울립니다.]
[헬릭의 호감도가 크게 상승합니다.]
[선행 스탯이 30 상승합니다.]

카이는 멍한 표정으로 눈만 껌뻑거렸다.
'글렌데일의 성자? 헬릭의 호감도? 명성…… 선행 스탯?'

한 번에 받아들일 수 없을 만큼 쏟아진 메시지창의 홍수!

카이는 무엇에라도 홀린 것처럼 자연스럽게 칭호 도감을 펼쳤다.

[글렌데일의 성자]

[등급 : 스페셜]

[내용 : 진심 어린 마음으로 사람들을 구원하여 그들의 존경심을 끌어낸 자에게 부여되는 칭호.]

[효과 : 위엄 +10, 신성력을 사용하는 모든 스킬의 효과 10% 증가. (이 효과는 칭호를 착용하지 않아도 적용됩니다.)]

"성자……."

카이는 그 단어를 입속에서 굴리면서 몇 번이고 곱씹었다.

단 두 글자에 불과한 짧은 단어였지만, 그 무게감은 카이의 어깨를 무겁게 만들 정도였다.

그리고 자신을 바라보고 있는 NPC들이 눈에 들어왔다.

'나쁘지 않은 기분인데?'

자신의 선행을 누군가가 인정해 주는 것!

그것은 태양의 사제로 전직한 날 이후 처음으로 느껴보는 뭉클한 감정이었다. 특히 현실에서 항상 부정만 당해오던 카이에게는 무엇보다도 값진 경험이었다.

'그나저나 위엄 스탯은 뜬금없이 뭐야?'

카이는 스탯 창을 열어 위엄 스탯의 효과를 살펴봤다.

[위엄 : 타인에게 뿜어내는 존재감을 나타내는 능력치.]

"으음…… 한마디로 위압감이 상승한다는 건가?"

이런들 어떠하리, 저런들 어떠하리!

새로운 스탯은 언제나 환영이었다.

"엄마, 아빠!"

"로디야!"

"내 새끼!"

카이는 뿌듯한 표정으로 로디 가족의 상봉을 지켜봤다.

다른 주민들도 그 모습을 보며 훈훈한 덕담을 늘어놓았다.

"거, 로디 녀석. 부모 사랑이 각별하구만."

"14살짜리 꼬맹이가 부모를 찾겠다고 다짜고짜 숲에 들어오다니. 저놈은 크게 되겠어."

"에잉, 내 자식들은 어디서 뭐 하나 모르겠군."

그들의 내심 부러운 듯한 말투는 로디의 부모인 레디와 타냐를 자랑스럽게 만들었다.

"엄마가 집에 가면 맛있는 거 해줄게."

"으으응, 괜찮아요. 그냥 오래오래 살기만 해주세요."

"허허. 여보, 우리 아들이 언제 이렇게 의젓해졌지?"

"그러게 말이에요. 호호."

그들이 단란한 가정의 오라를 보란 듯이 뿜어내는 사이, 카이는 주민들을 통솔해 던전을 빠져나왔다.

"응?"

던전을 나온 카이의 눈매가 가늘어졌다. 둥지의 입구에서 누군가가 그들을 기다리고 있었기 때문이다.

"휴고 님?"

바로 카이에게 복수를 요청했던 궁수, 휴고였다. 게다가 그는 파티원으로 추정되는 유저 세 명과 함께 서 있었다.

카이가 살짝 경계심을 드러내자, 휴고가 양손을 들어 보이며 적대할 의사가 없음을 밝혔다.

"아아, 불순한 의도를 품고 온 것은 아닙니다."

휴고와 그의 동료들이 정중하게 고개를 숙였다.

"저희의 무리한 부탁을…… 복수를 해주셔서 감사합니다. 이 인사를 드리기 위해 왔습니다."

"아니, 뭐, 저도 이득을 많이 봤으니까요."

그들의 뒤통수를 내려다보던 카이가 뻘쭘한 표정으로 고개를 돌렸다.

'아마 내가 페르메까지 처치했다는 건 모르겠지?'

휴고 파티는 물론 붉은 주먹 길드조차 생각하지 못했을 것이다. 일반적으로 솔플 유저가 보스를 잡는 건 실력만 좋다고 가능한 일이 아니었으니까.

휴고는 카이의 뒤편을 슬쩍 쳐다보면서 물었다.

"그런데 뒤쪽의 분들은……?"

"이들은 던전에 갇혀 있던 글렌데일의 주민들입니다."

"아, 역시 그렇군요. 그것보다……."

"저기, 저기 있다!"

누군가의 음성이 휴고의 말을 끊어버렸다. 그에 자리에 있던 모두의 시선이 소리가 들린 방향으로 돌아갔다.

"붉은 주먹 길드."

카이는 새롭게 등장한 무리를 쳐다보며 심드렁한 표정을 지었다. 반드시 나타날 것이라는 예상을 했기 때문에 보일 수 있는 반응이었다. 카이의 예상대로 퀘스트 게시판 앞에서 만났던 붉은 주먹 길드의 마스터도 보였다.

그는 카이의 모습을 한 차례 훑었다.

"뭐야, 저 검둥이는……. 광장에서 만났던 그 웃긴 놈 아니야? 너희 설마……."

"그, 그렇긴 한데……. 그때는 상황이 안 좋았다니까. 사냥하다가 뒤치기당해서 진 거라고!"

싸가지 삼인방 중 한 명인 던컨이 귀까지 시뻘겋게 물들인 채 변명을 늘어놓았다.

"아무리 그래도 네 명을 한자리에서 해치웠다니……. 실력이 영 쓰레기는 아닌가 봐?"

붉은 주먹의 길마는 목에서 뚝뚝 소리가 나도록 크게돌리며 앞으로 걸어나왔다. 그는 자신의 두 주먹을 허공에서 부딪치며 카이를 오만하게 쳐다봤다.

"난 붉은 주먹 길드의 마스터인 적권이다. 네가 우리 애들을 좀 귀여워해 줬다고?"

"귀여운 구석이 있어야 귀여워해 주지."

"킥, 하긴. 우리 애들이 좀 생기다 말긴 했지."

적권은 마치 재미있는 사냥감이라도 발견한 것처럼, 입맛을 다셨다.

"재미있는 놈이긴 하지만, 아쉽게도 상대를 잘못 건드렸어. 감히 우리 애들을 건드리다니."

"미안한데, 먼저 건드린 건 그쪽이거든?"

"그래서?"

적권은 무엇이 잘못되었는지 모르겠다는 듯, 어리둥절한 표정으로 되물었다.

"강자는 너희 같은 약자를 상대로 무슨 짓을 해도 용서가 되는 법이지. 그것이 고대로부터 이어져 온 사회의 기본적인 법칙, 약육강식이다."

"그래?"

카이가 검 손잡이를 쥐면서 차가운 목소리를 뱉어냈다.

그 순간, 휴고가 카이의 시야를 막아섰다.

그 모습에 카이가 고개를 갸웃거렸다.

"지금 뭐하시는……."

"여긴 저희에게 맡겨주십시오."

"예?"

"저희는 처음부터 저 녀석들이 당신에게 복수 하는 것을 막기 위해 기다리고 있었습니다."

"……!"

감동한 카이의 표정에 휴고가 씨익 웃었다.

"비록 게임 속의 인연이지만, 은혜를 입은 입장에서 나 몰라라 할 수는 없으니까요."

휴고를 비롯한 그의 파티원들이 무기를 뽑으면서 고개를 절레절레 흔들었다.

"이 멍청이 때문에 두 번이나 죽게 되다니. 내 팔자야."

"뭐, 사망 페널티 끝나면 다시 열심히 사냥하자고."

"장비 복구하는 데 한 달 정도 걸리려나?"

죽음을 눈앞에 둔 사람치고는 초연해 보이는 태도!

'대체 뭘 믿고?'

카이가 봤을 때, 휴고 파티는 붉은 주먹 길드보다 약했다. 레벨도 낮을뿐더러, 인원수까지 적기 때문이다. 거기다 이미 처음 사망했을 때 운 나쁘게 장비를 떨어뜨렸을 수도 있었다.

'그런데도 날 위해서 이렇게 와줬다고?'

카이는 멍한 표정으로 눈만 깜빡거렸다.

휴고 파티는 카이가 게임을 시작하고서 처음 만나는 종류의 사람들이었다. 그야말로 낭만과 의리를 아는 게이머들!

"뭐, 시간을 오래 끌지는 못합니다. 길어야 10분 정도겠지요."

휴고와 그의 동료들은 죽음이 대수롭지 않다는 듯 행동했다. 하지만 초보자도 아니고, 60레벨이 다 되어가는 이들이 죽는다는 게 말처럼 가벼운 일은 아니었다.

'경험치가 떨어지겠지. 운이 나쁘면 레벨이나 장비도 떨어질 거고.'

하지만 이들은 그 모든 페널티를 감수하고 카이를 돕기로 했다. 고작 은혜를 갚겠다는 생각 하나 때문에.

"쓰읍……."

카이는 입맛이 텁텁한 감정을 느끼며 고개를 흔들었다.

'저런 말을 듣고 혼자 갈 수 있겠냐고.'

저들이 의리를 알고 자신을 보호하러 와준 것처럼, 카이도

의리가 무엇인지 알고 있었다. 그랬기 때문에, 카이는 다시 한 발자국 걸어나가 휴고의 앞에 섰다.

"저희의 말뜻을 충분히 이해하지 못하신 것 같은데……."

"아아, 이해는 충분히 했어요. 필요 이상으로 해버려서 문제지."

스르릉.

카이는 검을 뽑으며 말을 이었다.

"혹시 역할 분담이라는 말 아세요?"

"……?"

휴고 파티가 눈만 깜빡거렸다.

"여러분을 무시하는 건 아니지만, 객관적으로 봤을 때 여러분은 높은 확률로 지게 될 겁니다. 제 말이 틀립니까?"

"그건 맞지만……."

"그렇죠? 그러니까 제가 다른 방법을 제시할게요."

카이는 의문을 나타내는 휴고 파티를 돌아보지 않은 채, 엄지로 뒤편을 가리켰다.

"휴고 파티에게 정식으로 부탁드립니다. 저를 대신해서 마을 주민들을 무사히 글렌데일로 데려가 주십시오."

"자, 잠깐만요! 지금 저희를 대신해서 죽겠다는 소리입니까?"

"죽긴 누가 죽어요?"

고개를 돌린 카이가 이상한 소리를 다 듣겠다는 표정을 지었다.

"하지만 혼자 이 자리에 남으면 틀림없이 죽을 겁니다."

"걱정 말고 가세요. 그리고 두 시간 정도 후에 커뮤니티 동영상 게시판 확인하시고요."

"동영상 게시판이요? 거긴 왜……."

카이는 고개를 갸웃거리는 휴고의 등을 떠밀며 말했다.

"검색 키워드는 뭐가 좋으려나…… 아, 그렇지!"

뭔가를 떠올린 카이가 웃음을 터뜨렸다.

"참교육, 이게 재미있겠네요."

휴고 파티를 기어코 쫓아낸 카이의 분위기가 돌변했다.

그의 눈앞에 있는 녀석들처럼 다른 유저들을 사냥하고, 낄낄거리는 양아치들은 개인적으로 카이가 가장 혐오하는 부류의 쓰레기들이었다.

그래서 처음부터 전력을 다해 상대할 생각이었다.

"그러고 보니 네놈은 모르겠구나. 왜 내 닉네임이 적권인지 알아?"

"알 게 뭐야."

심드렁한 목소리를 내뱉는 카이에게, 적권이 비열한 웃음을 지어 보였다.

“어릴 때 감명 깊게 본 만화에서 이런 말을 하더라고. 붉은 색은…… 세 배 더 빠르다고!”

말을 마친 적권의 신형이 예고 없이 튀어나왔다.

그 엄청난 속도는 같은 길드원들의 탄성을 자아낼 정도!

“크으, 역시 길마야!”

“흐흐. 힘과 속도 능력치가 붙은 장비만 착용한 결과지.”

“아마 PK로는 70레벨 유저도 잡을 수 있을걸?”

‘확실히.’

카이는 자신도 모르는 사이 고개를 끄덕였다.

그들의 말처럼, 적권의 움직임은 결코 60레벨 정도의 유저가 보여줄 수준이 아니었기 때문이다.

‘하지만, 그건 나 또한 마찬가지.’

카이의 모습이 흐릿해졌다.

신성 폭발을 사용해 아득하게 빨라진 움직임 때문에 잔상이 생긴 것이다.

“뭐야!”

“저, 저번에 싸울 때는 저 정도가 아니었는데?”

카이의 움직임에 붉은 주먹 길드원들이 입을 쩍 벌렸다.

그들이 접속하지 못한 사흘 동안 카이는 더 높은 곳으로 도약해 있었다. 모든 경험치를 독식해 레벨이 올랐고, 선행 스탯도 30이나 올랐다.

"마, 말도 안 돼!"

하지만 이 자리에서 그 누구보다 놀란 것은, 다름 아닌 카이를 맞상대하고 있던 적권이었다.

'내가 속도에서 밀리다니!'

지금의 속도를 내기 위해 모든 장비를 힘 스탯이나, 속도 능력치가 붙은 것들로만 착용했다.

'그런 내가 움직임에 반응조차 못 한다고?'

경악으로 물든 적권의 등 뒤에서 한 자루의 검이 튀어나왔다.

"에이, 오늘도 손님이 없네."

반스라는 이름의 유저가 깊은 한숨을 내쉬었다.

상인인 그는 도시 광장에서 좌판을 늘어놓은 채 오지도 않는 손님을 기다리는 중이었다.

'오늘도 커뮤니티나 기웃거려야 하나.'

상인은 그 누구보다 정보에 민감해야 하는 법!

반스는 오늘처럼 손님이 없을 때면, 커뮤니티를 둘러보며 돈이 될 만한 정보를 모았다.

"어디 어디, 오늘은 새 소식이 뭐 없으려나?"

새로운 정보를 찾지 못한 반스가 심드렁한 표정을 짓던 찰나, 실시간으로 떠오르는 게시글 하나가 눈에 들어왔다.

"응? 이건 제목이 왜 이래. 붉은 주먹 참교육?"

익명으로 등록된 그 동영상은 올라온 지 얼마 되지 않은 상태임에도 불구하고 추천 수와 조회 수가 가파르게 올라가는 중이었다.

'대체 무슨 내용이길래……?'

궁금증을 참지 못한 반스는 동영상을 클릭했다.

조회 수 : 115,741

추천/비추천 : 3,141/6

내용 : 동영상 주인공이 검은색 갑주.

곧장 동영상의 정보를 확인한 반스는 황당하다는 표정으로 헛웃음을 삼켰다.

'뭐야, 이 조회 수는? 등록된 지 고작 30분 지났는데?'

성의라고는 눈곱만큼도 찾아볼 수 없는 설명에 비해 비정상적으로 높은 조회 수와 추천 수!

'대체 어떤 영상이길래…….'

서둘러 재생한 동영상은 숲속을 배경으로 시작되었다.

잔잔한 바람에 가지와 나뭇잎이 흔들거렸고, 따사로운 햇살이 평화로운 분위기를 자아냈다.

파삭!

하지만 그 평화는 상의 가슴팍에 붉은 주먹을 박아넣은 사람들의 등장으로 깨져 버렸다.

평소 커뮤니티를 자주 둘러보던 반스는 배경이 된 숲이 어디인지 단번에 유추해 낼 수 있었다.

'침엽수가 많고 나뭇잎 사이사이에 거미줄이 쳐진 곳이라면…… 거미의 숲이다!'

거미의 숲은 고레벨 유저들이 활동하지 않는 지역이다.

그런 곳에서 찍힌 동영상이 이렇게 인기가 좋다니?

반스는 입을 다물고 영상을 쭉 지켜봤다.

두 무리의 사람들이 대치하고 있었고, 그중 주먹이 붉은 유저 하나가 입을 열었다.

-강자는 너희 같은 약자를 상대로 무슨 짓을 해도 용서가 되는 법이지. 그것이 고대로부터 이어져 온 사회의 기본적인 법칙, 약육강식이다.

"뭐야, 이 재수 없는 놈은."

반스의 눈이 찌푸려졌다.

생산직 클래스인 그는 사냥터에서 저런 종류의 괄시를 받아본 경험이 있었기 때문이다. 그런 기억 때문인지 저 붉은 주먹 길드라는 놈들이 마음에 들지 않았다.

'혹시 필드에서 억울하게 PK당한 영상을 올린 건가?'

하지만 그런 영상은 하루에도 수백 개도 넘게 올라온다. 영문을 알 수 없던 반스의 눈은 영상이 진행되면서 점점 커졌다.

"어어? 동료들을 보내면 안 되지!"

검은색 경갑을 입은 사람이 자신을 제외한 아군을 모두 대피시켰고, 맞은 편에 서 있던 놈들은 낄낄 웃으며 이를 가만히 쳐다봤다.

'아이구, 망했네.'

태생이 약자여서 그런지, 반스는 검은색 경갑의 전사를 응원하고 있었다. 그래서 그의 동료들이 떠날 때 안타까워했고, 상대편의 유저가 압도적인 속도로 튀어나왔을 땐 깜짝 놀랐으며, 그다음 순간에는 저도 모르게 비명을 지르고 말았다.

"허, 허억!"

약자인 줄 알았던 검은색 경갑 전사의 움직임은 영상으로 보기에도 차원이 달랐다.

일정한 속도로 시간이 흘러가는 동영상에서, 마치 혼자만 재생속도를 높인 것 같은 엄청난 움직임!

'속도뿐만이 아니야.'

그는 플레이어를 어떻게 상대해야 하는지 잘 알고 있는 것처럼 보였다. 시기적절한 상황에서 상대방의 눈을 찌르거나 아킬레스건 그어버리는 등, 그야말로 PVP의 정석과도 같은 움직임이 물 흐르듯 자연스러웠다.

"어어, 저놈들도 반격하잖아!"

물론 영상 주인의 움직임은 빨랐지만, 정신을 차린 상대방이 아무것도 못 할 수준은 아니었다.

게다가 적들의 숫자는 무려 여섯!

똘똘 뭉친 그들은 서로 협력하면서 조금씩 영상의 주인을 압박하기 시작했다.

"아쉽네. 역시 혼자서 여섯 명은 무리지?"

반스가 짙은 아쉬움을 토해내는 순간, 영상의 주인은 왼손에 스태프 하나를 소환했다.

동시에 들썩거리기 시작하는 땅바닥!

"어엇!?"

들썩거리던 바닥을 뚫고 나온 건 무려 여섯 마리의 놀 스켈레톤이었다. 그들은 붉은색 안광을 뿜으며 명령에 따라 적들에게 돌진했다.

그 모습을 본 붉은 주먹 길드원들이 침을 꿀꺽 삼키며 소리쳤다.

-이거야, 저번에도 이 해골들을 다뤘다고!

-진형이 붕괴 되지 않게 조심해!

-레벨에 비해 공격력과 방어력이 높은 놈들이야. 방심하지 마!

언데드의 최대 강점은 바로 두려움을 모른다는 것. 그리고 주인의 명령을 최우선으로 생각한다는 것이었다.

콰드드득!

자신의 갈비뼈가 날아가고 두개골이 바닥에 떨어져도 돌진을 멈추지 않은 놀 스켈레톤들!

결국 붉은 주먹 길드의 진형에 조그마한 틈이 생겼다. 영상의 주인은 그 작은 틈새를 귀신같이 파고들었다.

"우와아……."

동영상을 모두 시청한 반스가 입을 멍하니 벌린 채 감탄사를 늘어놓았다.

여섯 명이나 되던 상대편이 모두 쓰러지는데 걸린 시간은 고작 18분!

영상은 놀 스켈레톤들이 자신의 두개골을 들고 유쾌하게 춤을 추면서 끝났다. 동영상의 밑에는 이미 수천 개의 댓글이 달린 상태였다.

└이거 재밌네.

└어느 길드 루키지?

└참고로 영상에서 처참하게 발린 여섯 명은 글렌데일 근방에서 활동하는 붉은 주먹이라는 길드 애들인데, PK랑 몬스터 스틸로 유명한

쓰레기들임.

└요즘 볼 만한 동영상 몇 개 없었는데 오랜만에 괜찮은 영상 건졌네. 후원하고 감.

└어휴, 붉은 주먹 저 쓰레기들한테 PK당했던 사람입니다. 속이 아주 후련하네요. 얼마 안 되지만 후원하고 갑니다.

└2222 저도 당했음 ㅠㅠ

└3333 진짜 대리만족 한번 시원하게 하네요. 저도 후원금 남기고 갈게요.

└그런데 중간에 저 해골들은 뭐임? 설마 영상 주인이 네크로맨서라는 반전은 아니겠지?

└다시 돌려 보니까 해골들 소환되기 전에 스태프 꺼내네요. 그 뒤에 원판 하나 튀어나오는 거 보니…… 아무래도 스태프에 소환 스킬이 붙어 있는 것 같은데요?

└헐. 저런 성능의 아이템이면 최소 레어 등급이겠네요.

└해골들 춤 추는 거 귀엽다ㅋㅋ

└심지어 은근히 잘 춤ㅋㅋㅋㅋ

└비추천 정확하게 6개인 거 보소ㅋㅋㅋㅋ 비추 실명제냐?

└영상 보고 재미있어서 후원한 건 이게 처음! 혹시 시리즈 같은 건 안 내주려나?

└익명으로 올린 거 보니 딱히 욕심은 없는 것 같은데?

└아쉽다. 시리즈로 내면 무조건 구독할 생각이었는데…….

└입고 있는 장비들 보니까 돈도 많아 보이는데 굳이 할 것 같지는 않음.

└영상 주인의 실력이 뛰어난 건 아닌데, 고군분투하면서 열정적으로 싸우는 모습에 엄청나게 몰입된다.

└동감. 다른 랭커들처럼 깔끔하고 세련된 결투 영상은 아닌데, 뭔가 나도 모르게 응원해지고 싶어짐.

대부분의 댓글들은 칭찬 일색.

게임이 오픈된 지 4개월이 지나, 나름 고착화가 되어버린 미드 온라인에 재미있는 루키가 등장한 순간이었다.

"이거 전부 다 합쳐서 4골드에 급처할게요."

"지, 진심이십니까?"

"리얼. 진심."

도시로 돌아와, 사제복으로 갈아입은 카이는 눈앞의 상인을 향해 미소를 지었다.

"나중에 다른 말 하기 없습니다?"

"물론이죠."

상인에게 여섯 개의 장비를 건네주고, 4골드를 건네받은 카이가 희희낙락한 표정을 지었다.

붉은 주먹 길드원들은 다른 유저들을 자주 죽여서 그런지 이름이 새빨간 상태였다. 그 말은 그들이 카오틱 유저라는 뜻이다.

'미드 온라인에서 카오틱 유저의 페널티는 상당히 심각하지.'

이름이 계속 머리 위에 떠 있다는 것도 치명적인 페널티였지만, 무엇보다 큰 페널티는 사망할 시 무조건 장비한 아이템 하나를 드랍하게 된다는 것이었다.

덕분에 카이가 손에 넣은 건 네 개의 노말 아이템과 두 개의 매직 아이템!

하지만 애석하게도, 썩 좋은 장비들은 아니었다. 그래서 상인 유저에게 싼값에 장비들을 넘겨 소소한 용돈이라도 챙긴 것이다.

'그럼 이제 나도 좀 쉬어볼까.'

페르메의 둥지에서 생각보다 체력과 정신력을 많이 소모했다.

던전을 공략하는 한편, 뒤통수도 항상 경계해야 했으니까.

안전한 도시로 들어와 긴장이 풀리자, 그동안 억눌러 왔던 피로감이 한 번에 몰려들었다.

"후, 로그아웃."

헤드기어를 벗고 캡슐에서 일어난 한정우는 거실로 나갔다.

"응?"

거실에서는 그의 누나가 홀로 맥주를 마시고 있었다.

시계를 보니 새벽 한 시였다. 한정우가 그녀에게 다가가 말을 걸었다.

"청승맞게 새벽에 웬 혼술?"

"시끄러워."

입술을 삐쭉 내밀며 동생과 눈을 마주친 한지혜가 입을 열었다.

"엄마한테 이야기는 들었어. 너 엄마 생신에 한턱낸다고 큰소리쳐 놨다며?"

"응? 아, 그랬지."

"대체 뭘 어쩌려고? 너 돈 없잖아."

"에이, 언제적 얘기를 하시나?"

한정우의 얼굴에는 승리자의 여유로운 미소가 가득했다.

"누나, 그거 알아? 과거에는 나처럼 집 안에 틀어박혀 게임만 주야장천 하는 이들이 백수 혹은 게임 폐인이라고 불렸다는 사실."

"응? 그거 과거 아닌데? 동네에 소문 다 났어. 우리 집에 백수 게임 폐인이 산다는 거. 엄마가 부끄러워서 사교 모임에도 못 나가시잖아."

"크흐흐흠!"

타오르는 갈증을 참지 못한 한정우는 누나의 맥주를 뺏어 벌컥벌컥 들이켰다.

"크흐으, 잘 들어, 누나. 게임 하나만 잘해도 부자가 될 수 있고, 명성을 얻을 수 있어. 게임을 잘하는 것이 곧 재능인 세상이란 말이지."

"그건 나도 알지. 그래서 너 게임에 재능 있어?"

"으, 응?"

있지 않을까?

평소 그런 종류의 생각을 해보지 않았던 한정우가 눈만 깜빡거렸다. 한지혜는 동생의 멍청한 얼굴을 한심하다는 표정으로 쳐다보며 오징어를 냠냠 씹었다.

"그래서 님 레벨이?"

"64레벨."

"그래서 님 랭킹이?"

"……."

물론 한정우는 간간이 자신의 랭킹을 확인했지만, 순위를 정확하게 외우지는 못했다.

'엊그제 확인했을 때가 랭킹 2억 어쩌구였는데 그걸 어떻게 외워?'

잔혹한 팩트에 얻어맞은 한정우가 슬쩍 고개를 돌렸다.

그 모습을 보던 한지혜는 짧은 한숨을 내쉬더니 동생의 어깨를 토닥였다.

"힘내렴, 동생아."

"고마워. 그래도 누나밖에 없다."

"어우, 징그러워. 저리 가."

그녀는 퉁명스럽게 대꾸하면서도 말투에는 웃음이 서려있었다.

"아무튼, 정우 네가 게임으로 성공해서 돈과 명예를 거머쥔다고 해도, 넌 내 동생이야. 반대로 지금처럼 한심한 꼴이라도 내 동생인 건 변함없어."

"누, 누나……."

감동받은 한정우가 촉촉하게 젖은 목소리로 말하자, 누나가 말했다.

"그리고 동생은 누나 말을 잘 들어야 하는 법. 편의점 가서 오징어 좀 사와. 버터구이로!"

"……."

"거스름돈 드림."

"콜."

만 원을 받아 든 한정우는 희희낙락한 표정으로 집을 나섰다.

"어디 보자……."

누나의 심부름을 마치고 집에 돌아온 한정우는 컴퓨터 앞에 앉아 삼각 김밥을 먹었다.

"역시 참치 마요네즈가 진리지."

그는 출출한 배를 채우며 커뮤니티에 새로 올라온 정보들을 확인했다.

"흐음…… 나름 고수라고 불리는 유저들은 전부 150레벨이 넘은 건가? 엄청 빠르네."

지금처럼 사냥해서는 도무지 쫓아갈 수 있을 것 같지가 않았다. 답답함에 뒷머리를 벅벅 긁은 정우는 고개를 흔들었다.

'어차피 한두 달 만에 따라잡을 수 있을 거라고는 생각도 안 했어. 길게 보자.'

옅은 한숨을 내쉰 한정우의 눈에 화면 구석에서 계속해서 떠오르는 알림창을 쳐다봤다.

[등록하신 게시물에 댓글이 달렸습니다.]

[등록하신 게시물에 댓글이 달렸습니다.]

[등록하신 게시물에 댓글이 달렸습니다.]

…….

"내가 등록한 게시물이라면…… 아아!"

한정우는 몇 시간 전에 올린 동영상을 떠올렸다.

붉은 주먹 길드에게는 창피를, 휴고 파티에게는 통쾌함을 주고 싶어서 열심히 편집까지 했다. 비록 비전문가의 솜씨인지라 투박하고 허접하기 그지없었지만, 본인은 충분히 만족한 상태였다.

"거기에 댓글 몇 개 달렸나 보네. 붉은 주먹 녀석들이 욕이라도 달고 갔나?"

한정우는 별 기대 없이 알림창을 클릭했다.

15장
약탈자들의 왕

조회 수 : 2,435,741

추천/비추천 : 145,741/11,375

내용 : 동영상 주인공이 검은색 갑주.

“응?”

한정우는 화면에 떠오른 숫자들을 쳐다보며 자신의 눈을 비볐다.

“인기 동영상 랭킹 5위라고?”

그는 순간적으로 자신이 다른 동영상을 클릭한 건 아닌지 착각이 들었다.

‘하지만…… 이건 내 영상이 맞는데?’

작성자의 아이디가 익명인 것도 그렇고, 내용을 확인해도 역시 자신의 영상이 맞았다.

그렇다면 이 말도 안 되는 조회 수와 추천 수는 무엇이란 말인가?

"허……."

사람이 너무 기가 차면 말도 나오지 않는 법이었다. 한정우는 이미 수백 페이지를 넘어가는 댓글 창을 처음부터 천천히 읽어보기 시작했다.

'대체 뭐냐, 이 긍정적인 반응은?'

얼떨떨한 상태에서 읽기 시작한 댓글들에 칭찬과 감탄이 연신 이어지자 표정이 점점 밝아졌다. 그런 한정우의 움직임이 돌연 멈춘 것은, 댓글에서 계속해서 언급되는 후원금이라는 단어 때문이었다.

"후원금? 이건 또 뭐야."

그 달콤한 단어에서 자본주의의 냄새를 맡은 한정우의 손이 분주해졌다.

"여기 있다."

한정우는 약간의 시간을 투자해 후원금 페이지를 찾아냈다. 표시된 후원금 내역을 본 그의 눈동자가 지진이라도 난 것처럼 흔들렸다.

'부, 분명히 내가 이 영상을 편집하는 데 걸린 시간이……'

겨우 두 시간 정도다. 게다가 동영상을 등록한 지는 이제 고작 여섯 시간이 지났을 뿐이다.

'그런데 110만 원이나 들어왔다고?'

물론 로또와 비교할 정도로 큰돈은 아니다. 하지만 한정우는 동영상에 어떠한 광고도 삽입하지 않았다. 그래서 동영상의 조회 수가 1억일지라도 수입은 0원일 수밖에 없다.

'대박이다. 그럼 110만원이 모두 후원금으로만 이루어져 있다는 소리잖아?'

한정우의 머리가 빠르게 굴러가기 시작했다.

'너무 긍정적으로 생각하지만 말고, 고민을 좀 해보자.'

이 동영상이 왜 이렇게 인기가 있었는지, 어느 부분이 유저들의 관심을 끌었는지.

한정우는 인기 카테고리의 다른 동영상들과 비교하며 분석을 시작했다. 그렇게 수십 개의 영상을 시청한 그가 내린 결론은 지극히 간단했다.

"내가 허접해서 그렇네."

다른 인기 동영상들의 주인공은 대부분이 랭커였다.

랭커의 결투 영상, 랭커의 레이드 영상, 랭커의 사냥 영상…….

모든 것이 랭커에서 시작되고, 랭커에서 끝났다.

랭커가 연관되지 않은 동영상 중에 인기 카테고리에 등록된 건 코미디 영상 정도뿐이었다.

그 속에서 한정우의 동영상은 빛을 발했다.

'영상 속의 카이는 랭커처럼 실력이 뛰어나지도, 레벨이 높지도 않아.'

하지만 그 부분이 오히려 이 동영상을 보는 이들의 마음을 사로잡았다. 영상을 보는 이들은 자신과 별반 다르지 않아 보이는 허접한 주인공을 응원하고 싶었을 것이다.

그리고 비록 20분 정도의 짧은 영상이었지만 치열한 전투 끝에 승리를 거머쥔 카이의 모습에는 나름의 스토리와 반전이 있었다.

'그리고 놀 스켈레톤들. 이 녀석들의 인기가 생각보다 엄청 대단하네.'

다시 한번 댓글을 확인해 보니, 놀 스켈레톤을 언급하는 사람들이 무척이나 많았다. 스태프를 어디서 구할 수 있는지, 혹시 판매할 의사는 있는지 등등.

그 모든 것이 놀 스켈레톤들 덕분이었다.

'캐릭터성…… 이라는 건가.'

보통 언데드, 스켈레톤 하면 끔찍한 몰골인지라 여성 유저들이 굉장히 싫어한다.

하지만 놀 스켈레톤들은 기본적으로 모습이 놀!

짜리몽땅한 키에 강아지를 닮은 두개골은 제법 귀엽게 보였다. 게다가 주인의 말을 절대적으로 복종한다는 점 또한 플러스 요소였다.

종합적으로 보면 어설픈 요소들이 하나하나 모여, 신선도 최상의 핫한 소재가 된 것이었다. 그리고 한정우는 그 소재를 가공할 수 있는 유일한 플레이어였다.

'이거, 돈이 된다.'

한정우가 눈을 빛냈다. 수차례 생각을 하고, 견적을 짜본 결론은 명확했다.

바로 카이라는 캐릭터와 놀 스켈레톤들을 상품화하여 돈을 벌 수 있다는 것, 그리고 동영상을 제작해도 리스크가 없다는 것이었다.

'지금 내가 가장 감추고 싶은 건 내가 신화 등급의 직업 소유자라는 거지.'

하지만 동영상에는 플레이어의 직업도, 상태창도, 레벨도 표시되지 않는다. 게다가 만약 이상한 점이 있더라도, 그 장면을 삭제하면 그것으로 안전해진다.

그야말로 노 리스크 하이 리턴이라는 최고의 돈벌이 방법!

'하지만 이번 영상은 축복임과 동시에 독이 될 수도 있어.'

일반적인 사람이라면 마음이 붕 떠서 핑크빛 미래를 그릴 테지만, 한정우는 특유의 판단력으로 자신이 처한 상황을 객관적으로 분석했다.

"원 히트 원더가 되기 딱 좋은 상황이잖아, 이거."

운 좋게 단 한 번의 흥행을 터뜨린 후, 다시는 그 성공을 재현하지 못하고, 영광의 순간을 잊지 못해 죽을 때까지 그에 매달리는 안타까운 존재들은 꼭 게임이 아니더라도 어디에나 많았다.

그렇기에 한정우는 이 순간을 기쁘게 받아들이는 동시에 경계했다.

'어차피 이 상황은 내가 의도한 게 아니야.'

한마디로 이 동영상으로 벌어들인 돈도, 그리고 인기 동영상 랭킹 5위라는 놀라운 성적도 모두 금방 사그라들 거품 같은 허상이다.

'만약 여기서 한 번 더 대박을 터뜨린다면…… 부수입을 챙기는 데 최고의 방법이 되겠지만, 잘 안 되더라도 실망을 할 이유는 없어.'

실패를 해도 그만, 성공하면 그걸로 만족.

그건 언제가 될지 모르겠지만, 다음 동영상을 업로드 한 뒤에 경과를 지켜보면 될 것이다.

한정우는 냉정하게 선을 그어놓은 뒤 그제야 만족스러운 표정을 지었다.

'뭐, 그래도 지금 당장은 이 기분을 즐겨도 되겠지.'

수백만의 조회 수, 수십만 개의 추천, 그리고 수만 개의 댓글!

한정우는 22년을 살아오면서 한 번도 느껴보지 못한 감정에

휩싸였다.

'왜 SNS상에 관심 종자들이 생겨나는지 알 것 같다.'

아마 이 짜릿한 쾌감과 고양감, 충족감을 잊지 못했기 때문이리라.

적당히 마음을 진정시킨 한정우는 홈페이지 메인으로 돌아왔다. 랭킹 5위에 걸려 있는 동영상이 그를 자랑스럽고 뿌듯하게 만들었다.

"후후, 기분이 나쁘지는 않네."

한정우가 기분 좋은 미소와 함께 컴퓨터를 끄려던 순간, 커다란 배너가 새롭게 떠올랐다.

[제목 : 속보! 천화 길드. 약탈자들의 왕 베이거스 레이드에 최초 성공.]

레이드의 성공 소식을 알리는 강렬한 속보였다. 평소대로라면 고개를 끄덕이며 지나갈 수 있을지도 모른다.

하지만 약탈자들의 왕 베이거스라는 단어가 이를 불가능하게 만들었다.

"뭐, 뭐야. 베이거스를 벌써 잡았다고?"

한정우는 깜짝 놀란 목소리로 서둘러 배너를 클릭했다.

약탈자들의 왕, 베이거스.

180레벨의 보스 몬스터로, 일반적인 파티로는 죽었다 깨어나도 사냥할 수 없는 존재다. 최소 길드 단위로 공략을 해야 하는 레이드 몬스터라는 뜻이다. 근래에 최종 보스 정도로 여겨지던 녀석이니 그 정도는 당연했다.

'그런데 그걸 천화 길드가 잡았다고?'

한정우는 미드 온라인을 좋아하는 만큼, 세계적인 길드의 이름 정도야 당연히 알고 있었다.

천화 길드는 대한민국 3대 길드 중 한 곳으로, 한국 최고의 길드 중 하나임은 확실하다. 하지만 세계를 상대로 비교하면 약간 아쉬운 것도 사실이다.

"천화 길드가 베이거스를 잡기에는 딜러가 많이 부실할 텐데?"

혹시 천화에서 세상에 공개하지 않았던 비밀 전력이라도 있었던 걸까?

눈을 가늘게 뜬 한정우가 기사 내용을 읽었다.

[내용 : 한국 최고, 최대 규모의 길드 중 한 곳이 천화에서, 특별한 용병을 고용해 베이거스 레이드에 성공해 화제가 되고 있다. 천화 길드는 레이드 당일까지 이 용병의 정체를 공개하지 않고 있었으나, 라이브 방송에서 공개된 용병의 정체는 바로 플레이어 유하린으로 밝혀져…….]

"……!"

입이 쩍 벌어졌다.

유하린이라는 존재는 한정우에게 이정도의 반응을 끌어내기에 충분했다.

"유하린이면…… 랭킹 1위의 그 유하린이지?"

그녀를 수식하는 별명은 수두룩하다.

괴물, 부동의 랭킹 1위, 걸크러쉬! 등등…….

"설마 천화 길드에 들어간 건가?"

여태까지 길드에 가입하지 않고 혼자 플레이하면서 전 세계 랭킹 1위를 찍었던 그녀였기에, 이번 천화 길드와의 레이드는 그야말로 서프라이즈 그 자체였다.

한정우의 시선이 기사의 하단으로 향했다.

그곳에는 30초 정도의 짤막한 영상이 게재되어 있었다.

딸깍.

[검과 마법이 공존하는 새로운 세상. 미라클 드림…….]

딸깍.

"스킵!"

[스킵하실 수 없습니다. 광고가 끝난 뒤 영상이 시작됩니다.]

"……."

티끌만 한 광고비까지 빠뜨리지 않고 챙기겠다는 천화 길드의 뻔한 속셈!

'으으, 대기업 놈들. 누진세는 이를 위한 포석이었나……!'

미친 듯이 배가 아파왔지만, 차마 뒤로 가기 버튼을 누를 수는 없었다.

천화 길드와 유하린이 어떤 마법을 부렸는지 미치도록 궁금했으니까.

마법사들의 현란한 마법이 전장을 지배하고, 궁수들의 화살이 하늘을 뒤덮었다.

사제들의 버프와 힐이 바람을 가르며 아군에게 스며들었고, 전사들이 높게 치켜든 무기는 적군을 분쇄했다.

마치 한 편의 영화처럼 박진감이 넘쳤다. 영상을 보던 한정우는 감탄할 수밖에 없었다.

"와…… 편집 하나는 기가 막히게 잘했네."

자신이 편집했던 참교육 영상을 길거리 쓰레기 수준으로 만들어버리는 퀄리티다.

천화 길드 정도의 거대한 길드는, 종종 대기업에 비견될 정도로 덩치가 크다. 길드 내에 전문적인 영상 편집자도 있고, 레이드 영상을 유료로 판매하기까지 한다.

더군다나 베이거스 정도의 몬스터라면, 모르긴 몰라도 보상만 몇억이 가볍게 넘어갈 것이다.

'천화에 가입하지 못해서 안달 난 유저만 수천, 아니, 수만 명은 가볍게 넘겠지.'

거대 길드는 회사처럼 월급도 나오고, 기본적인 장비도 지급된다. 그 힘을 바탕으로 던전과 사냥터를 통제해 막대한 수익을 올리기도 한다.

물론 길드가 이렇게 성장하려면 초반에 압도적인 자금이 뒷받침되어야 한다. 하지만 천화 그룹이 모태인 천화 길드는 돈 걱정할 필요가 없었다.

천화 그룹 회장의 손녀딸이 길드마스터라는 소문은 게임 초기부터 파다했다.

'뭐, 그만큼 욕도 많이 먹고 있지만.'

사냥터를 독점해 입장료를 받거나, 재료의 공급을 조절해 시세를 조작하는 그들의 횡포는 일반 유저들의 원성을 사기에는 충분했다. 하지만 어쩌겠는가. 힘이 없는 것을.

한정우는 입을 다물고 뚫어질 듯 영상에 몰두했다.

휘이이잉.

폐허가 된 초원.

베이거스와 그의 수하들이 지나간 곳은 언제나 을씨년스러운 적막감과 죽음의 기운만이 감돌았다.

-어리석은 것들…….

검은색의 가죽 갑옷을 입고, 한쪽 눈에 안대를 착용한 거한이 살기가 깃든 목소리로 중얼거렸다.

세상의 모든 것을 약탈하는 희대의 악당, 베이거스.

미드 온라인의 메인 퀘스트를 진행하다 보면, 누구나 그에 대한 정보를 얻을 수 있게 된다.

'나도 이름 정도는 들어봤어.'

한정우가 침을 꿀꺽 삼켰다.

그도 메인 퀘스트를 진행하고 있었기에 베이거스의 이름 정도는 들어봤다.

'개발자들은 최소 3개월은 더 지나야 베이거스를 잡을 수 있을 거라고 했는데…….'

대체 어떻게 녀석을 공략한 걸까?

카이는 숨을 잔뜩 죽인 채 영상을 관전했다.

-쓸어버려라.

베이거스의 짤막한 명령과 함께, 본격적인 전투가 시작되었다.

웬만한 영화는 명함조차 못 내밀 영상이었다. 미드 온라인이 어떻게 세계의 모든 컨텐츠를 씹어 먹었는지 확실히 알 수 있는 수준이었다.

"오오……."

무료 영상이라서 그런지, 중요한 전투 장면은 보여주지 않았고, 영상은 빠르게 스킵되었다.

어느새 수하를 모두 잃어버린 베이거스는 주변을 둘러봤다.

그를 포위한 천화 길드원들의 상태는 말이 아니었다. 내구도가 바닥난 장비들은 군데군데 파괴되어 있었고, 인원도 절반 이상이 사라져 있었다.

그런 그들의 사이에서, 한 명의 유저가 터벅터벅 걸어나왔다.

전신을 덮고 있는 흑색 갑옷은 레어 등급의 재료인 흑요석으로 만들어졌다고 알려져 있다.

한눈에 봐도 장비한 아이템들은 최소 레어 등급 이상, 더군다나 갑옷과 너무도 잘 어울리는 묵빛의 대검은 유니크 등급 이상으로 보였다.

한정우가 침을 꿀꺽 삼켰다.

"랭킹 1위의 직업 미공개 유저, 유하린."

그녀야말로 5억 명이 넘어가는 플레이어들의 정점.

수많은 랭커들 사이에서도 오직 한 명에게만 허락된 일인자의 자리에 올라선 랭커였다.

스르르릉.

유하린이 등 뒤의 대검을 뽑았다.

그 모습을 가만히 지켜보던 한정우는 얼빠진 표정으로 중얼거렸다.

"자, 잠깐만. 지금 저거…… 설마 베이거스랑 1 대 1을 하겠다는 건 아니겠지?"

그런 생각을 한 이유는, 천화 길드원들이 유하린과 베이거스를 둘러싸며 원을 만들었기 때문이다. 그 모습이 마치 원형 결투장을 연상케 했다.

-하, 가소롭군.

주변을 둘러본 베이거스는 그것이 웃겼는지, 코웃음을 치더니 정색하며 소리쳤다.

-건방진 녀석들, 목숨으로 그 젖값을 대신해라.

그는 순식간에 하린에게 달려들었다.

시청하던 한정우의 입에서 비명이 튀어나왔다.

“미, 미친. 말도 안 되는 속도잖아!”

베이거스는 차원이 다른 속도를 선보이고 있었다. 하지만 한정우가 비명을 터뜨린 것은 그의 움직임 때문이 아니었다.

차아앙!

자신에게 달려든 베이거스의 장도를 쳐낸 뒤, 도리어 그의 품으로 파고드는 유하린!

현재의 한정우는 모방을 할 수도 아니, 모방은커녕 눈앞에 있다면 인식조차 할 수 없을 아득한 빠르기의 유하린을 보고 소리친 것이었다.

‘신성 폭발을 사용한다고 해도…… 절대 무리다!’

등 뒤로 식은땀이 흘러내릴 정도의 압도적인 실력!

붉은 주먹 길드원들 여섯을 홀로 상대하면서 치솟았던 자신감이 순식간에 땅으로 떨어졌다.

쿠구궁.

아쉽게도 영상은 거기서 끝이 났다. 천화 길드의 마크가 떠올랐고, 영상을 끝까지 보고 싶으면 결제를 하라는 창이 떠올랐다.

“……”

한정우의 손이 부들부들 떨리기 시작했다.

레이드 영상의 가격은 무려 12,000원!

어지간한 블록버스터 영화의 블루레이와 비슷한 가격이었다. 그럼에도 불구하고 조회 수는 70만을 가볍게 넘은 상태였다.

'까드득, 천화 길드 녀석들. 아주 돈을 갈퀴로 쓸어담는구나!'

피눈물을 흘린 한정우가 결국 결제 버튼을 클릭했다. 그리고 진지한 표정으로 영상을 철저히 분석하기 시작했다.

'과연 국내 최고의 길드 중 하나.'

확실히 사냥터를 통제하는 등의 행동은 눈살을 찌푸리게 할지 몰라도, 실력만큼은 세계급이다. 최소 150레벨 이상으로만 구성된 천화 길드의 제1공격대 때문이었다.

'칠 때 치고, 빠질 때 빠진다.'

기본적인 전술인 히트 앤 런. 하지만 그것을 천화 길드처럼 깔끔하게 할 수 있는 곳은 별로 없었다. 그들은 마치 한 몸이라도 된 것같은 예술적인 움직임으로 치고 빠지기를 반복했다.

'그리고 그것이 가능한 이유는…….'

카이가 한 여인에게 눈을 돌렸다.

-마법 병단. 4초 뒤 아이스 월로 적들의 왼쪽 별동대의 발을 묶는다. 딜러들은 정확히 5초 뒤 모든 공격을 왼쪽으로 집중시켜.

전장이 훤히 보이는 초원의 언덕에 서서 손가락을 까딱거리는 여인!

그녀는 천화 길드의 마스터임과 동시에 기사 클래스의 최상위 랭커 중 하나인 설은영이었다.

'성격은 차갑다고 소문났던데, 얼굴은 예쁘네.'

평소 그녀에게 관심이 없던 한정우조차 고개를 끄덕거리게 만드는 아름다운 외모였다. 허리까지 늘어뜨린 탐스러운 검은색 생머리는 연신 찰랑거리며 태양빛을 반사했다. 커다랗지만 날카로운 눈매로 인해 전체적인 인상은 차갑고 시크해 보였다.

하지만 그녀는 자신의 아름다움에 정신이 팔려 방심한 적의 목을 단번에 날릴 수 있는 실력자였다.

전장을 내려다보던 설은영의 고운 미간이 찌푸려졌다.

-딜러들 공격 적중률이 아주 형편없어. 그 수준으로 월급 받아가는 게 미안하지도 않아?

-…….

전투의 함성을 내뱉던 길드원들이 꿀이라도 먹은 듯 순식간에 합죽이가 되었다.

그들은 눈앞의 적들보다는, 등 뒤의 설은영을 더욱 두려워

했다. 적들은 자신을 길드에서 추방할 수 있는 마스터가 아니었으니까!

-레이드 끝나면 딜러들은 대미지 표 제출해.

딜러들은 울상을 지었고, 반대로 힐러와 기타 지원형 유저들은 안도의 한숨을 내쉬었다.

한정우는 영상을 보면서 채팅들도 쭈욱 훑어봤다.

ㄴ하악, 하악. 오늘도 우리 여왕님 카리스마 멋있으시다.

ㄴ저 차가운 눈빛! 오싹오싹하다! 절 가져요!

ㄴ여기 채팅방 좀 이상한 것 같은데;;

ㄴ원래 설빠 중에서 변태들이 좀 많음. 뭐, 이러니저러니 해도 여왕이 지휘 하나는 잘하네.

ㄴ괜히 전장의 지휘자라고 불리겠음?

ㄴ다른 길드 마스터들은 저걸 보고 배울 필요가 있음.

ㄴ근데 베이거스 패턴은 전부 다른 길드에서 알아낸 거잖아. 선발대 길드들 배 좀 아프겠네.

ㄴ난 다른 건 몰라도 길드 단위의 레이드는 천화가 한국 최고라고 생각함.

ㄴ지휘관 능력 좋고, 길드원 수준도 한국 최고니까 당연한 거지.

"흐음……."

확실히 한정우가 보기에도 그녀의 지휘는 대단했다.

'음성을 들어보면…… 거의 초 단위로 명령을 내리잖아?'

다른 길드들을 애먹인 베이거스조차 그녀가 지휘대를 잡은 천화 길드를 흔들 수는 없었다.

그녀는 베이거스가 내미는 전략들을 정면에서 하나씩, 하나씩 꺾어나갔다. 도망 따위는 모르는 당당하고 자신감 넘치는 지휘에서 그녀의 성격이 보이는 듯했다.

'확실히 뛰어나.'

저것이 최고 수준 길드의 마스터, 게다가 그녀 스스로도 세계적인 랭커 중 하나였다.

그야말로 전장의 여왕, 병사들을 연주하는 지휘자!

영상은 계속 흘러갔다.

천화 길드는 결국 베이거스의 모든 수단을 정면에서 격파했고, 뒤이어 나온 베이거스는 유하린과의 승부에서 패배했다. 그야말로 별들의 전쟁이라는 말이 걸맞을 정도로 압도적인 전투였다.

영상을 모두 시청한 한정우는 컴퓨터를 끄고 침대에 누웠다.

천화 길드원들의 실력도 대단했고, 설은영의 지휘도 대단했다. 하지만 영상을 모두 본 순간, 그의 머리에 남은 것은 유하린의 움직임뿐이었다.

"대체 뭐 하는 여자지?"

설은영이 뛰어난 지휘로 한정우의 마음을 흔들었다면, 유하린은 압도적인 피지컬과 전투 센스로 한정우의 혼을 쏙 빼놓았다.

'게다가 유하린은 이제 게임을 시작한 지 3개월이야.'

무려 자신보다 한 달이나 늦게 게임을 시작한 셈이다. 하지만 그녀는 모든 랭커들을 여유롭게 따돌리고 랭킹 1위를 차지했다. 그녀의 압도적인 실력과 사냥 속도, 퀘스트 진행률은 최상위권 랭커조차 한 수 접어줄 정도라고 한다.

'소문으로는 한국 사람이라던데, 진짜일까?'

아무래도 닉네임이 한국 사람의 이름 같았기에, 한국의 유저라는 추측이 많았다. 하지만 그녀에 대해 밝혀진 것은 아무것도 없었다.

국적, 생김새, 나이, 신장…….

단순히 솔로 플레이를 지향하는 유저라는 사실만이 돌아다닐 뿐이었다.

'그래서 사람들은 그녀에 대해 더 알고 싶어 하지.'

그것은 마치 새하얀 눈밭에 누구보다 먼저 발자취를 남기고 싶은 순수한 욕망과 닮아 있었다.

멍한 표정으로 천장을 응시하던 한정우가 눈을 감았다.

"세상은 정말 넓구나."

사실 영상을 보기 전까지만 해도 한정우는 크게 고양된 상태였다. 좋은 직업도 얻었고, 최근의 성장세는 그가 생각해도 대단했으니까.

'하지만 저들과 비교하자면…… 아직 말도 안 되게 약하구나.'

유하린, 설은영 같은 괴물들은 배제하고서라도, 천화 길드의 일개 길드원이 보여주던 움직임조차 한정우에게는 벅찼다. 문득 누나의 질문이 다시금 떠올랐다.

'그래서 너 재능 있어?'

재능이라…….

한정우가 가만히 눈을 감았다.

'솔직히 말해서 조금 무서워.'

만약 자신에게 재능이 없다면?

태양의 사제라는 직업을 가지고도 랭커조차 되지 못한다면?

그 두려움이 때때로 그의 가슴을 답답하게 만들었다.

하지만 그는 자신의 재능을 의심하는 것 이상으로, 자신을 믿었다. 그 모순된 감정이 공존할 수 있었던 이유는, 그가 자신이 걸어온 길을 신뢰하기 때문이었다.

'노력은 언제, 어떤 식으로든 보상을 받더라고.'

물론 현실에서는 조금 다를 수도 있다. 하지만, 게임에서는 그것이 절대적인 법칙이었다. 노력한 만큼 경험치가 오르고, 경험치가 쌓이면 레벨이 오른다. 스탯을 올리면 캐릭터가 강해진다. 사냥을 할수록 돈이 모이고, 더 좋은 장비가 갖춰진다.

"안 되면 두 배 더 열심히, 그게 안 되면 네 배 더 열심히……. 될 때까지 하면 돼."

노력이야말로 아직 자신의 재능을 깨닫지 못한 한정우가 가장 자신 있어 하는 분야였다.

두 명의 남녀가 고급스러운 예술품으로 장식된 복도를 걷고 있었다.

물론 귀족의 저택이나 왕궁의 복도에 비하면 손색이 있었지만, 이 건물이 플레이어의 것이라는 것을 생각해 보면 건물의 주인이 게임에서 얼마나 대단한 세력을 일궜는지를 유추할 수 있었다.

"마스터는 안쪽에서 기다리고 계십니다."

흑색의 갑옷을 입고 있는 기사를 안내한 마법사 차림의 남자가 고개를 짧게 숙이며 말했다.

그러자 기사는 아무런 말 없이 문을 두드렸다.

똑똑똑.

“들어와요.”

끼익.

방의 내부는 마치 대기업의 사무실처럼 세련되고 깔끔했다.

흑기사는 내부를 가볍게 둘러보다가, 테이블 위에 놓여 있는 명패로 시선을 돌렸다.

[천화 길드마스터, 설은영.]

“찾아오느라 고생했어요.”

천화 그룹의 길드마스터는 방에 들어선 기사를 보며 자신감 넘치는 목소리로 말했다. 남자라면 모두 혹할 정도의 미인을 앞에 둔 흑기사는 덤덤하게 고개만 살짝 끄덕였다.

“베이거스를 사냥하고 나온 전리품은 모두 상자에 넣어놨으니 확인해 봐요.”

설은영이 탁자 위에 놓인 상자를 가리키자, 흑기사는 그것을 확인하곤 다시 한번 고개를 끄덕였다.

“골드는 필요 없어요? 저희 길드에 판매하면 좋은 가격에 구매해 드릴 수 있는데.”

도리도리.

솔깃한 제안이었지만, 흑기사는 고개를 흔들었다.

그 모습을 빤히 보던 설은영이 입을 열었다.

"지난번에 드린 제안, 생각해 보셨나요? 슬슬 답변을 듣고 싶은데."

"……."

방을 들어온 이후 처음으로 흑기사가 설은영의 눈을 정면으로 마주했다.

"영입 제안 말하는 거예요. 천화 길드의 공격 대장 자리를 약속드리죠."

천화 길드의 공격 대장!

한국의 재벌가인 천화 그룹에서 작정을 하고 만든 기업형 길드가 바로 천화 길드였다. 길드원 개개인이 모두 그룹의 사원들과 비슷한 연봉을 받고, 간부들은 상상도 못 할 거금을 연봉으로 받게 된다. 그리고 공격 대장이라면 길드에서도 최고의 요직이었다. 못해도 연봉이 10억은 가볍게 넘는다.

"혹시나 싶어서 말하지만, 천화에서는 당신이 원하는 모든 조건을 수용할 의사가 있어요. 최고급 차와 펜트하우스, 아니면 건물이나 땅, 돈까지. 말만 해요."

마치 돈이면 모든 것을 살 수 있다고 생각하는 것 같은 당당한 말투!

하지만 베이거스를 혼자서 잡아버린 괴물 플레이어, 유하린은 고개를 다시 한번 흔들었다.

"후우…… 좋아요. 하지만 공격 대장의 자리는 언제든 내드릴 수 있으니, 다음번엔 긍정적인 대답을 듣고 싶네요."

끄덕.

"그럼 앞으로도 지금처럼 좋은 관계를 유지해 나가죠."

하린은 설은영의 도도한 얼굴을 보며 고개를 끄덕이더니 방을 나섰다.

잠시 후 하린을 안내한 남자가 문을 열고 들어오며 물었다.

"협상은요?"

"……."

설은영은 대꾸조차 하지 않고 남자를 스윽 흘겼다. 그 표정에서 답을 읽어낸 남자 마법사, 보이드가 어깨를 으쓱거렸다.

"뭐, 애초에 기대도 별로 안 했잖습니까. 무려 유하린인데."

"아쉬워. 그녀의 영입에 성공한다면 천화 길드는 명실상부한 세계 최고의 길드가 될 수 있을 텐데."

물론 하린의 실력도 뛰어났지만, 설은영은 그녀가 가지고 있는 랭킹 1위의 상징성과 그녀를 따르는 수많은 추종자의 지지를 손에 넣지 못한 것이 무척이나 아쉬웠다.

"어휴, 아가씨. 회장님께서 항상 말씀하셨잖아요? 모든 일은 천천히 보라고. 나무보다는 숲을, 숲보다는 세상을 보라고."

"아가씨?"

설은영이 차가운 눈빛으로 보이드를 응시하자, 그는 재빨리 고개를 숙였다.

"이크, 죄송……."

"꺼져."

설은영은 서둘러 방을 나서는 보이드를 노려보다가 고개를 돌렸다.

그녀는 자신이 세상의 중심이라고 여겼고, 그 생각은 살면서 단 한 번도 깨진 적이 없었다.

'유하린, 당신도 언젠가 내 밑으로 들어오게 될 거야.'

설은영은 그렇게 단정했다. 지금까지 그녀가 원했던 것은 무슨 수를 써서라도 자신의 것으로 만들었으니까.

슈우우욱.

게임에 접속한 카이가 눈을 번뜩였다.

"우편함, 우편함을 보자!"

그가 이렇게 호들갑스러운 이유는, 잠을 자고 일어난 그의 스마트폰에 메시지 하나가 도착해 있었기 때문이다.

[경매장 판매 대금 지급이 완료되었습니다. 자세한 내용은 우편함을 참조해 주세요.]

짧지만 강렬한 메시지 단 하나!

그것이 카이를 이렇게 분주하게 만든 것이었다.

카이는 자신의 우편함에서 16통의 편지를 꺼냈다.

"후우…… 심호흡, 심호흡."

심호흡을 마친 카이는 조심스러운 손길로 첫 번째 편지를 뜯었다. 편지의 내용을 확인하는 순간, 카이의 얼굴이 일그러졌다.

[신속! 안전! 골드 대출 상담은 러시 앤 골드…….]

"……."

부욱, 부욱!

일말의 망설임도 없이 편지를 찢어버리는 카이!

"에이씨, 처음부터 재수 없게……."

다시 한번 경건한 마음을 품은 카이가 두 번째 편지를 개봉했다.

[안내드립니다. 카이 님께서 경매장에 등록한 학자의 장갑이 25골

드 5실버에 판매되었습니다. 판매 대금은 경매장 혹은 은행에서…….]

"그렇지!"

카이가 저도 모르게 두 손을 번쩍 들며 환호했다.

등록했던 가격보다 3골드나 비싸게 팔린 학자의 장갑!

처음부터 홈런을 날려 버린 카이는 크게 안심한 표정으로 남은 편지를 모두 개봉했다.

[안내드립니다. 카이 님께서 경매장에 등록한 강철 투구가 17골드 43실버에 판매되었습니다…….]

[안내드립니다. 카이 님께서 경매장에 등록한 미풍의 신발이 18골드 70실버에 판매…….]

[안내드립니다. 카이 님께서 경매장에 등록한 웜 리자드의 가죽 신발이 1골드 12실버에…….]

[안내드립니다…….]

…….

모두 성공적으로 판매된 아이템들!

카이가 곧장 머리를 굴렸다.

'어디 보자, 17골드 43실버 더하기 18골드 70실버 더하기…….'

판매된 아이템들의 가격은 모두 합쳐 178골드 19실버!

'10%의 경매장 수수료와 세금을 제외하고도 무려 1,600만 원 정도가 남는다!'

인벤토리에 있던 45골드까지 포함하면 현금으로 무려 2천만 원이나 된다.

"하아, 다행이다."

카이가 안도의 한숨을 내쉬었다. 오늘 안에 물건이 팔리지 않으면 살짝 곤란할 뻔했는데, 타이밍이 좋았다.

'그럼 바로 움직여 볼까.'

골드를 현금으로 환전한 한정우는 오랜만에 외출을 했다.

우선 길고 지저분하던 머리부터 깔끔하게 잘랐고, 캐주얼한 정장까지 새로 맞추었다.

"흐음."

그야말로 풀 세팅을 마친 한정우는 전신 거울의 자신과 마주 섰다.

거울 안에는 말끔한 남자 하나가 서 있었다.

"진짜 잘생겼다."

남들의 눈에는 어떻게 보일지 모르겠지만, 어쨌거나 본인은 만족했다. 실제로 현재 한정우의 모습은 집을 나설 때와는 180도 달랐다.

그야말로 환골탈태(換骨奪胎)의 표본이라고 말할 정도!

"어머, 저 손님. 슈트 입으니까 제법 멋있는데요?"

"그러게. 처음에 입고 온 옷들은 정말 아니었는데."

"아무래도 패션 센스가 유난히 떨어지는 손님 같아요."

"크흐흠!"

매장 직원들이 그의 바뀐 모습을 보고 쑥덕거릴 정도였다.

헛기침을 쏘아낸 한정우는 옷값을 결제하고 매장을 나섰다.

'조금 늦었나.'

다른 가족들은 이미 호텔 레스토랑에 도착했다는 연락이 누나로부터 도착했다.

이에 서둘러 레스토랑에 들어간 그는 마중을 나와 있던 누나에게 손을 흔들었다.

"누나!"

"……."

한지혜가 고개를 들어 그를 힐긋 보더니, 다시 핸드폰 쪽으로 고개를 돌렸다.

가까이 다가간 정우가 섭섭하다는 듯 푸념을 쏟아냈다.

"뭐야, 조금 늦었다고 사람을 이렇게 무시하는 거야?"

"네?"

한지혜는 고개를 갸웃거리며 되물었다. 그녀는 주변을 둘러보더니, 손가락으로 제 얼굴을 가리켰다.

"지금 저한테 말씀하신 건가요?"

"갑자기 무슨 설정이야, 그건?"

"가만, 이 목소리는…… 너 설마 정우니?"

"……."

그제야 상황을 파악한 한정우가 입을 쩌억 벌렸다.

'지금 옷 좀 바꿔 입고 머리 좀 잘랐다고, 동생을 못 알아보는 거야?'

누군가가 망치로 뒤통수를 크게 한 대 때린 것 같은 기분!

한정우가 거사에 실패한 독립운동가처럼 허망한 표정을 짓자, 한지혜가 어색한 웃음을 흘렸다.

"호, 호호. 자, 장난 한번 쳐본 거야."

"……."

신뢰라고는 눈곱만큼도 전해지지 않는 목소리다.

하지만 바다처럼 넓은 이해심을 가진 한정우는 이를 대수롭지 않게 넘기며 물었다.

"됐어. 그것보다 엄마랑 아버지는?"

"안 그래도 너 기다리고 있었어. 따라와."

그는 누나를 따라 레스토랑에 구비된 방으로 들어섰다. 안쪽에서 조용히 대화를 나누고 계시던 부모님의 시선이 그들에게 쏠렸다.

"음?"

"어머."

흥미롭다는 표정을 짓는 어머니와 의외라는 표정을 짓는 아버지. 특히 일이 바빠 자주 못 보는 아버지는 오랜만에 보는 아들의 모습이 마음에 드는 눈치였다.

"깔끔한 게 보기 좋구나. 와서 앉아라."

"넵."

한정우가 냉큼 자리에 앉았다.

아무리 엄마에게 잡혀 사신다지만, 아버지의 포스도 만만치 않았기 때문이다.

가족들의 얼굴을 차례대로 쳐다보던 한정우가 각오를 되새겼다.

'오늘 승부를 본다.'

재수생, 고시생, 시집 못 간 노처녀가 명절 때마다 느끼는 스트레스, 한정우는 그 기분을 가족 모임이 있을 때마다 꾸준히 받아왔다.

'오늘도 게임을 걸고넘어지시겠지.'

아니나 다를까, 5분 정도가 흐르자 아버지의 시선이 한정우에게 향했다.

"요즘 집에서 얼굴 보기도 힘들던데. 여전히 게임만 하면서 지내는 거냐?"

"당연하죠."

"하아, 그런데 뭐가 그렇게 당당한 거냐."

한숨을 내쉰 아버지가 눈살을 찌푸렸다. 아들이 주야장천 게임만 하고 있다는 사실이 영 마음에 들지 않은 것이다.

그는 무언가를 결심한 듯, 근엄한 목소리를 내뱉었다.

"정우야, 아빠는 네가 심성도 착하고 똑똑한 녀석이라 알아서 잘할 것이라고 생각했다."

"그 믿음, 앞으로도 유지하실 생각은 없으신지?"

"없다, 그러니 너도 이제 슬슬 복학할 준비하거라."

"싫습니다."

"음?"

당연히 알겠다는 대답이 돌아올 줄 알았던 아버지는 살짝 인상을 찌푸렸다. 정우가 자신의 말을 대놓고 거절한 것은 손에 꼽을 정도였기 때문이다.

"내가 납득할 이유 정도는 있겠지?"

"물론이죠."

한정우가 품속에서 통장 하나를 꺼내 아버지에게 내밀었다.

"최근 게임에서 돈을 벌기 시작했거든요."

"돈?"

아버지가 고개를 갸웃거렸다.

"게임에서 돈을 벌다니……. 네가 그 랭커인가 하는 사람은 아닐 테고, 벌어봤자 푼돈이겠지."

"에이, 미드 온라인은 이번에 가입자만 6억 명을 넘겼습니다. 이 세상에서 가장 큰 규모의 시장이 된 셈인데 푼돈일 리가 있겠습니까?"

"그건 내가 판단하마."

통장을 펼친 아버지의 눈동자가 가늘게 떨렸다.

액수를 확인한 것이었다.

"제법 벌었구나."

아버지의 표정이 조금이지만 누그러졌다. 그 모습을 쳐다보던 어머니도 얼른 통장을 확인하더니 눈이 휘둥그레졌다.

"어머, 2천만 원이나 벌었네?"

"뭐, 뭐라고? 정우가 게임으로 2천만 원을 벌었다고?"

호들갑을 떨며 통장으로 모여드는 모녀!

하지만 아버지는 태연한 표정을 고수하면서 말을 이었다.

"나쁘지는 않구나. 하지만 모든 일에는 지속성이 중요한 것이지. 이 정도의 수익이 얼마나 유지될 거라 생각하느냐."

"글쎄요?"

한정우가 마치 이 질문이 나올 줄 알았다는 듯 자신감 있게 말했다.

"확실히 지난 일주일이 유별나게 운이 좋기는 했지만, 앞으로 벌어들일 돈도 적지는 않을 거라고 생각합니다."

"뭐? 일주일!"

아버지의 얼굴에 당황이라는 감정이 떠오르자, 정우는 이 기회를 놓치지 않았다.

"예. 지난 일주일간 벌어들인 수익입니다."

"혹시나 해서 묻는 거지만, 나쁜 일을 한 건 아니겠지?"

"에이, 아시면서."

한정우가 손사래를 치자 가족들이 고개를 끄덕였다.

"우리가 아들 교육은 참 잘 시켰어요."

"쟤가 남한테 피해 주고 다닐 사람은 아니지."

"끄응……."

이마를 부여잡은 아버지가 처음으로 앓는 소리를 냈다. 아들이 게임을 하는 건 마음에 안 들지만, 인정할 수밖에 없는 모습을 보여줬기 때문이다. 돈이라도 못 벌었으면 강제로 캡슐을 팔아버리고 복학시켰을 텐데, 그것도 어렵게 되었다.

한참을 고민하던 아버지가 한정우에게 물었다.

"그럼 이제 영영 복학할 생각이 없는 거냐?"

"당장은요. 하지만 지금 생활과 수입이 안정적이게 되면 다시 다니겠습니다."

"……지켜보겠다."

결국 아버지가 한 발 물러섰다. 이에 정우는 테이블 밑으로 두 주먹을 꽉 쥐었다.

'됐다.'

자신이 원하는 것을 손에 넣은 한정우가 밝게 웃자, 그 모습을 지켜보던 어머니가 입을 열었다.

"아들."

"응."

"돈 잘 버네?"

"아직 멀었지 뭐."

"아니야. 아들은 돈 잘 버는 것 같아. 아들이 어엿한 어른이 되어서 엄마는 정말 기뻐."

"……."

한정우가 침을 꿀꺽 삼켰다.

'이거, 왠지 느낌이 쎄 한데?'

이유는 모르겠지만 목덜미를 타고 한기가 올라온다.

정우가 불안한 눈빛을 드러내자, 싱긋 웃어 보인 어머니가 말을 이었다.

"그럼 이제 마음 놓고 독립시켜도 되겠구나."

"도, 독립…… 이라뇨?"

"집 나가라는 뜻이지."

"아니, 뜬금없이 왜요!"

"뜬금없는 건 아니지."

물을 마시던 아버지가 한정우의 오해를 정정했다.

"백수 녀석 뒷바라지 몇 년 해줬으면 충분해. 그리고 앞으로 한 달 뒤면 네 누나도 집에서 나갈 거다. 스스로 살 수 있는 여건이 마련되었으니까."

아버지는 단호한 표정으로 말을 이었다.

"사자는 새끼를 강하게 키우기 위해 절벽에서 떨어뜨린다고 들었다."

"그거 루머라던데요. 애초에 전 사자도 아니잖아요."

"크흐흠!"

논리가 통하지 않자 아버지가 눈에 힘을 줬다.

찔끔한 한정우가 시선을 회피하자, 어머니가 나긋나긋한 목소리로 말했다.

"네가 돈을 벌지 않아도, 어차피 지혜 나갈 때 같이 쫓아낼…… 아니, 독립시킬 생각이었단다."

"방금 본심이 나오신 것 같은데?"

"호호, 그럴 리가."

입을 가리며 웃은 어머니가 뿌듯한 표정으로 말했다.

"우리 아들이 백수에 게임 폐인이니까…… 굶어 죽지 않도록 매달 생활비 정도는 지원해 주려고 했는데, 오늘 통장을 보니 그럴 이유가 전혀 없겠구나. 엄마는 정말 안심이야."

"……!"

한정우는 땅을 치고 후회했다.

'부자들이 매일 돈 없다고 앓는 소리를 하는 이유가 있었구나!'

생활비를 타면서 여유롭게 게임을 할 수도 있었는데, 괜히 자랑 좀 해보겠다고 통장을 공개해서 생활비도 못 받고 억지 독립을 하게 되다니!

"으으으……"

한정우가 괴로운 표정을 지었다. 그 모습을 아무말 없이 바라보던 어머니가 손을 내밀었다. 하지만 그 손을 본 한정우는 퉁명스럽게 말했다.

"이제 와서 무슨 위로예요. 됐어요."

하지만 어머니는 고개를 흔들었다.

"무슨 소리니? 돈을 그만큼 벌었으면 당연히 생일 선물도 사 왔을 테니 선물 달라고."

"……"

강탈하듯 한정우의 선물을 받아간 어머니가 밝은 미소를 지었다.

"어머, 예쁜 목걸이네. 제법 비싸 보이는데?"

"으드득, 150만 원짜리입니다."

"잘 쓸게. 이거 볼 때마다 집 나간 아들을 떠올리면 되겠다. 호호."

"……."

결국 옅은 한숨을 내쉰 한정우가 머리를 굴렸다.

'이건 완전히 예정에 없던 상황인데.'

집 나가라는 통보를 겨우 한 달 전에 해주다니.

하지만 차분히 생각해 보면 그리 나쁜 이야기는 아니었다. 독립을 하면 가족의 간섭 없이 게임에 열중할 수 있으니까.

'제일 큰 문제는 생활비를 마련하는 것이지만, 지금 당장은 금전적 여유도 충분해.'

물론 지금부터는 생활을 하기 위해 꾸준히 사냥을 하고, 퀘스트를 해야 할 것이다. 하지만 밥 먹고 게임만 하는 정우에게 필요한 건, 정말 기본적인 생활비와 식비 뿐이었다.

한정우의 머릿속에 돈을 벌 방법이 몇 개나 떠올랐다가 사라지기를 반복했다.

'좋아, 돈이라면 우선…….'

마침 한정우의 머릿속에 한 장소가 떠올랐다.

16장

하녹스의 시련

어머니의 생신 파티를 무사히 끝낸 정우는 다시 게임에 접속했다.

"어디 보자."

미니맵에 표시된 하녹스의 시련은 글렌데일에서 북쪽 방향을 가리키고 있었다.

높은 산을 오르고, 거친 강을 건넌 뒤 깊은 골짜기를 넘어야만 도착할 수 있는 험지였다. 실제로 그 길을 지나는 건 아주 힘들었다.

"후우, 후우. 찾아가는 데만 한 세월 걸리겠네."

무려 이틀 동안 이동한 카이는 현재 가파른 절벽을 힘겹게 오르는 중이었다. 그가 편안한 길을 놔두고 굳이 이런 길을 선택한 이유는 간단했다.

"유저의 편의 같은 건 정말 신경도 안 쓰는구나!"

당연한 소리지만, 하녹스의 시련이 위치한 장소가 바로 이 절벽이었기 때문이다.

열심히 벽을 기어오른 카이를 기다리고 있는 건 조그마한 틈새. 던전이 있다는 확신이 없다면 찾아볼 생각조차 못 하게 할 만한 장소. 하녹스의 시련은 그 틈새 안쪽에 있었다.

"이것이 하녹스의 시련인가."

시련의 입구는 마야 문명의 사원처럼 생긴 고대의 건축물이었다. 건축물의 벽면에는 이집트의 벽화에서나 볼 수 있을 법한 그림들이 가득 새겨져 있었다.

'던전에 입장하려면 이런 사소한 문자와 그림도 잘 관찰을 해야겠지.'

혹시나 힌트 같은 것이 숨겨져 있을 수도 있으니까!

카이는 상형 문자와 그림들을 뚫어져라 바라봤다.

그러기를 잠시…….

[고대어 해석 스킬의 레벨이 터무니없이 부족합니다.]

[암호 해독 스킬의 레벨이 터무니없이 부족합니다.]

[안목 스킬의 레벨이 터무니없이 부족합니다.]

[글자와 그림에 담겨 있는 의미를 전혀 알아차리지 못했습니다.]

[현재 수준으로 이해할 수 없는 장면을 너무 오랫동안 쳐다보고 있었습니다.]

[상태 이상 '두통'에 걸렸습니다. 초당 스테미너가 5씩 감소합니다.]

"……."

이 세상은 그렇게 호락호락하지 않은 법!

그 사실을 뼈저리게 느낀 카이는 지끈거리는 머리를 붙잡고 문을 열었다.

쿠구구구구구구.

완전하게 열린 문에서는 한 줌의 빛도 새어나오지 않았다.

마치 똬리를 튼 어둠이 아가리를 벌린 모양새.

잠시 호흡을 가다듬은 카이는 마음을 단단히 먹고 안쪽으로 들어갔다. 아래로 향하는 계단을 밟자, 뒤쪽의 문은 저절로 닫혔다.

"어, 어흐흠!"

심장이 쫄깃해진 카이는 닭살이 돋은 팔을 어루만지며 천천히 아래로 내려갔다. 계단 밑에서 카이를 맞이한 건 돔 형태의 공간이었다.

덜덜덜.

주변을 둘러보던 카이의 손발이 바들바들 떨리기 시작했다.

그 이유는 시야에 들어온 석상 때문이었다.

[초심자용 기사 석상, LV. 130]

"저, 저런 걸 상대하라는 건 아니겠지?"

아닐 거다. 아니어야만 한다.

저 해로운 석상은 카이의 현재 실력으로는 죽었다 깨어나도 이기지 못할 상대!

하지만 얄궂게도, 기사의 우묵하게 파인 눈가에서 푸른색 귀화가 피어올랐다.

지잉-

[초심자용 기사 석상이 오랜 잠에서 깨어납니다.]

[초심자용 기사 석상이 도전자의 정보를 파악하고 있습니다.]

[파악 중…….]

"아, 진짜! 왜 이런 예상만 맞는 건데!"

아랫입술을 강하게 깨문 카이가 곧장 모든 버프를 사용한 뒤, 무기를 꺼냈다.

'저딴 걸 어떻게 이기라고!'

카이의 얼굴 위로 짙은 패색이 떠올랐다. 그 순간 기다렸다는 듯이 떠오르는 추가 메시지창.

[도전자의 직업이 태양의 사제로 확인되었습니다.]

[도전자의 권한이 최고 관리자로 설정됩니다.]

[모든 관문이 자동적으로 해제됩니다.]

쿠구구궁.

석상의 눈가에서 피어오르던 귀화가 바람 앞에 놓인 촛불처럼 맥없이 꺼져 버렸다.

"뭐가 어떻게 되는 거야?"

당황한 카이는 멍청한 표정으로 눈만 깜빡이더니, 메시지창을 다시 한번 훑어봤다.

'내가 태양의 사제인 건 맞는데…… 최고 관리자? 이건 또 무슨 소리지?'

자신은 하녹스의 시련을 당당하게 통과하고, 패트릭의 유산을 잇기 위해 이곳에 왔다.

'물론, 저 녀석을 보니 당당하게 통과하는 건 절대 무리겠지만.'

활동을 멈춘 기사 석상을 살펴보던 카이가 미간을 찌푸렸다.

"일단…… 최고 관리자가 되었다는 건 이 던전에서는 안전하다는 뜻이겠지? 실제로 석상도 움직임을 멈췄고."

그렇다면 다른 곳을 둘러보며 이 상황의 원인을 찾는 것이 먼저일 터, 카이는 반대쪽 벽에 위치한 문을 향해 조심스럽게 걸어갔다.

쿠구구궁.

카이가 다가가자 마치 자동문이라도 되는 듯 스스로 열리는 석문.

문을 지난 카이는 또 다른 기사 석상을 마주할 수 있었다.

[숙련자용 기사 석상, LV. 170]

"와, 이 영감이 날 죽이려고 아주 작정을 했네, 했어."

지금 눈앞에 후이가 있다면 수염을 격하게 잡아당기면서 항의하고 싶은 기분이었다.

물론 그가 자신을 높게 평가해 준 것은 기뻤다. 하지만…….

'이렇게 밑도 끝도 없이 과대평가해 주는 건 싫어!'

모든 일에는 순서가 있는 법!

지금 이 상황은 세발자전거를 타는 아이에게 스포츠카를 선물해 준 것과 다름없었다.

"후우, 그나저나 여긴 방이 대체 몇 개나 있는 거야?"

계속해서 다음 방으로 건너가기를 몇 차례, 겨우 마지막 방에 도착한 카이는 고개를 끄덕였다.

'방은 총 여섯 개가 있구나.'

심지어 다섯 번째 방에서 기다리고 있던 기사는 레벨이 300이나 되는 괴물 중의 괴물!

고개를 절레절레 흔든 카이는 여섯 번째 방을 둘러봤다. 이곳이 마지막 방이라고 확신을 한 이유는, 또 다른 문이 존재하지 않았기 때문이다.

"게다가 괴물 같은 석상도 없으니…… 여기가 보상을 주는 방이겠지."

방을 구석구석 훑어보던 카이의 눈매가 초승달처럼 휘었다. 여태까지 본 적 없던, 다섯 가지 색으로 휘황찬란하게 빛나는 요란한 상자를 발견했기 때문이다.

"크으, 때깔 참 곱구나."

이 던전을 정상적으로 클리어하려면 최소 300레벨은 넘어야 한다. 그렇다면 그 보상 또한 평범하지 않다는 소리!

부푼 가슴을 끌어안고 카이가 조심스럽게 상자를 열었다.

그리고 카이의 망막에 비친 것은…….

-드디어 나의 뒤를 이을 자가 나타났는가.

황금색으로 번쩍번쩍 빛나는 사람이었다.

사제복과 성기사의 방어구를 적절하게 섞어놓은 의복을 입은 그는 후드를 깊게 눌러쓰고 있어 얼굴이 보이지는 않았지만, 카이는 그가 자신을 내려다보고 있다는 것을 알 수 있었다.

[전설적인 성기사, 패트릭 글로리어스의 사념과 조우했습니다.]
[상대방의 압도적으로 높은 위엄 수치에 영향을 받습니다.]
[모든 능력치가 30% 저하됩니다.]

"……!"

단순히 눈빛을 교환한 것만으로도 온몸에 닭살이 올라올 정도의 존재감!

상대방의 몸에서 줄기차게 뿜어져 나오는 신성력은 자신의 것과 비교조차 할 수 없었다. 자신의 신성력이 우물에서 퍼 온 물 한 바가지라면, 상대방의 신성력은 마치 바다 같았다.

패트릭이 천천히 입을 열었다.

"그대인가. 나의 유산을 이을 당대의…… 음?"

차분하고 근엄한 중저음으로 이야기하던 패트릭이 돌연 고개를 갸웃거렸다.

"이상하군. 왜 그대에게서 벌써 태양의 사제가 지녀야 할 기운이 느껴지는 거지?"

"……."

그야 태양의 사제니까.

잠시 머뭇거리던 카이가 조심스럽게 입을 열었다.

"저 태양의 사제 맞는데요."

"아니, 그럴 리가 없는데……. 대체 어떻게 된 일이지?"

무언가 혼란스러운 듯 고개를 흔드는 패트릭. 그는 카이에게 직업을 얻게 된 경위를 물었다.

"……그렇게 해서, 태양의 사제가 된 겁니다."

"허어…… 그렇게 된 일이로군."

자신이 죽은 이후 수백 년이 지났다는 사실을 알게 된 패트릭이 머쓱한 목소리로 말했다.

"내가 세워놓은 기준이 너무 높았던 모양이야."

"덕분에 저처럼 걸출한 인재를 얻으셨으니 손해는 아닐 겁니다."

"……."

패트릭은 얼굴색 하나 변하지 않고 저렇게 뻔뻔한 소리를 해대는 카이에게 물었다.

"잠깐, 그렇다면 그대는 이곳에 왜 온 것이지?"

"예? 그야 패트릭 님의 유산을 잇기 위해서 왔습니다만……."

"하지만 자네는 이미 나의 유산을 물려받지 않았나."

"……?"

카이가 고개를 갸웃거렸다.

'받아? 받긴 뭘 받아?'

이곳까지 오면서 받은 것이라고는 스트레스밖에 없다. 카이의 불량한 표정을 마주한 패트릭이 낮은 헛기침을 쏘아냈다.

"다시 한번 소개를 하지. 나의 이름은 패트릭 글로리어스. 광휘라는 과분한 칭호가 붙은 태양교의 성기사이자, 3대째 태양의 사제이다."

"잠깐만요. 패트릭 님이 3대째 태양의 사제라고요?"

카이가 떨떠름한 목소리로 되물었다.

'뭐야, 태양의 사제는 내가 처음이 아니었어? 생각보다 역사와 전통이 있는 직업인가?'

자신이 처음일 것이라고 생각했다. 물론 유저 중에서는 처음이 맞을 것이다. 하지만 그 범위를 NPC까지 넓힌다면?

카이의 눈빛이 번뜩였다.

'그런 거구나.'

미드 온라인은 단순한 설정 몇 개로 굴러가는 게임이 아니었다. 대륙에 위치한 세 개의 왕국과 두 개의 제국에는 정말로 살아 숨 쉬는 '역사'가 있었다. 그것이 역사학자를 비롯한 각 분야 전문가들이 미드 온라인에 흥미를 가진 이유이기도 했다.

그 모든 역사 설정을 만들어낸 것은 게임의 개발사인 페가수스사와 슈퍼 A.I인 라무스.

'태양의 사제는 유저로서는 내가 처음이지만, 그전에 세 명의 NPC가 이 직업을 가진 적이 있었구나.'

그렇다면 패트릭은 카이의 선배가 되는 셈이었다. 카이가 냉큼 고개를 숙였다.

"그렇군요. 같은 길을 걷는 까마득한 후배. 카이가 선배님께 인사를 올립니다!"

"서, 선배님?"

생전, 아니, 죽고 나서도 처음 받아보는 대접에 패트릭이 당황했다.

"아무래도 이번 시대의 사도는 재미있는 인물인 것 같군."

"사도라니요?"

"태양의 신 헬릭 님의 의지를 행사할 지상의 대리인. 우리는 그 존재를 사도라 칭한다."

"그렇군요. 선배님의 가르침에 감사드립니다."

"으음, 그리 대단한 건 아니다."

패트릭은 선배라는 단어가 제법 마음에 들었는지, 천천히 고개를 끄덕이더니 중얼거렸다.

"그나저나 이를 어쩐다……."

잠시 그의 눈치를 살피던 카이가 슬며시 입을 열었다.

"선배님, 무슨 걱정이라도 있으신지요?"

"이런 일이 일어날 것이라고는 생각지도 못했다. 그래서 일이 조금 꼬였군."

탄식을 내뱉은 패트릭이 자세한 사정을 설명했다.

"본래대로라면 나는 하녹스의 시련을 모두 통과한 자에게 태양의 사제가 될 수 있는 방법을 알려주었을 터. 하지만…… 보다시피 그대는 이미 '절반' 정도는 사도로군."

"절반요?"

카이가 고개를 갸웃거렸다.

"혹시 제 힘이 미약해서 진정한 태양의 사제로 인정을 안 하시겠다는 소리십니까?"

"아니, 그런 것이 아니라…… 그대가 아직 진정한 사도로서의 각성을 하지 못했기 때문이다."

"그 말은 제가 태양의 사제로서 진정한 각성을 하지 못했다는 소리인가요?"

'하지만 그럴 리는 없……'

생각을 이어가던 카이가 뒤통수에 망치라도 맞은 표정을 지었다.

'가만, 그러고 보니……'

자신은 전직을 할 때 습득한 스킬을 제외하고는, 다른 스킬을 배우지 못한 상태였다.

'분명 신전에 가서 스킬을 배우려고 해도, 카테고리 자체가 잠겨 있었어.'

만약 그 이유가 패트릭이 말하고 있는 절반의 각성 때문이라면?

카이의 눈빛이 한층 깊어졌다.

'나머지 절반, 무조건 채워야 한다.'

태양의 사제가 아무리 신화 등급의 직업이라지만, 절반에 불과한 능력으로 할 수 있는 일은 한계가 있을 게 분명했다.

바라보는 위치 자체가 남다른 카이로서는 마음에 들지 않는 상황. 하지만 카이는 불만을 품는 대신, 오히려 활짝 웃었다.

"그럼 제가 여기서 더 강해질 수 있다는 소리네요."

단순히 레벨을 올리거나 더 좋은 장비를 맞추면서 강해지는 것이 아닌, 직업의 능력 자체를 끌어올리는 것!

누구나 바라지만, 아무나 할 수 없는 길이 자신에게 열렸기 때문이다.

"물론이다. 만약 그대가 진정한 사도로서 각성을 한다면……."

카이의 전신을 빠르게 훑어본 패트릭이 단단한 목소리로 선언했다.

"지금과는 비교도 할 수 없을 만큼 강해질 수 있지."

"그렇군요, 그럼 어서 주시죠. 전 준비가 되었습니다."

마음의 준비를 마친 카이가 양팔을 쩍 벌리며 당당하게 요구했다.

"뭘 말인가?"

"선배님께서 이곳에 계신 이유는, 4대째 태양의 사제가 될 사람에게 힘을 전해주기 위해서 아닌가요?"

"미안하지만 틀렸네. 비록 자아를 가진 채 그대와 대화를 하고 있다지만, 본질적으로 나는 사념의 파편. 그런 힘을 전해줄 능력도 없거니와, 전해줄 이유도 없다."

"그럼…… 여기 왜 있으신 건데요?"

"기름진 고기를 먹여주는 것만이 선대의 의무는 아니지."

"고기를 구하는 법을 알려주시려는 겁니까?"

"제법 이해가 빠르군. 맞다. 나는 그대가 강해질 수 있는 방법을 가르쳐 주기 위해 이 시련을 만든 것이다. 알다시피 태양의 사제는 그 자체로도 강력하지. 하지만……."

패트릭이 두 손을 활짝 펼쳤다. 그러자 그의 전신에서 엄청난 빛이 뿜어져 나왔고, 신성력이 폭풍처럼 휘몰아쳤다.

몰아치던 신성력이 잦아들자 그의 눈앞에는 세 종류의 물건이 두둥실 떠올라 있었다.

하나의 반지와 한 벌의 옷, 그리고 현재 패트릭이 차고 있는 검의 모양을 한 물건.

그것들은 그저 보는 것만으로도 시선을 사로잡고, 형용할 수 없는 황홀한 기분을 선사했다.

"태양의 사제가 진정 무서운 점은, 선대에서 후대로 계승되는 힘 때문이다."

"……!"

카이의 눈이 크게 뜨여졌다.

'선대에서 후대로…… 힘이 계승된다고?'

그 말은, 1대와 2대를 비롯해 태양교 역사상 최강의 성기사라고 불리던 패트릭의 힘까지 자신의 손안에 넣을 수 있다는 소리가 아닌가?

잔뜩 흥분한 탓인지 카이의 손바닥은 땀으로 흥건해졌다.

"대체…… 태양의 사제는 어떤 존재입니까?"

"좋은 질문이다. 태양의 사제란 구원의 상징. 평화로운 일상 속에 나타나는 존재가 아니지. 우리가 나타난다는 건 머지않아 어둠이 도래한다는 전조이다. 그대가 지금 같은 시기에 사도가 된 것도 우연은 아닐 터. 하지만……."

패트릭이 고개를 가볍게 흔들었다.

"지금 그대의 힘은 너무나도 미약하구나. 부디 한시라도 빨리 강해져서 어둠에 맞설 힘을 길러야 한다."

"명심하겠습니다."

카이가 눈을 반짝이며 고개를 숙였다.

패트릭이 아무런 이유도 없이 저런 물건을 보여주지는 않았을 터.

아니나 다를까, 세 개의 물건이 차례대로 두둥실 떠올랐다.
“성환 페트라, 성검 프리우스, 그리고 성의 니케”
‘레어 등급일까? 아니면 유니크? 아니, 그 정도가 아니야.’
눈앞의 아이템들은 신성력으로 모양만 흉내 냈음에도 불구하고, 보는 이의 영혼을 사로잡을 것 같은 자태를 뽐내고 있었다. 저런 물건들의 가치가 고작 그 정도밖에 안 될 리는 없을 터.
‘최소 레전더리 등급의 아이템이겠지.’
상상을 뛰어넘는 스케일에 카이의 목울대가 크게 출렁였다.
‘서, 설마 하녹스의 시련 보상이 저것 중 하나를 주는 건가!’
김칫국을 한 사발 시원하게 들이마신 카이는 쿵쿵 뛰는 심장을 진정시키며 입술을 핥았다.
“그대도 눈치를 챈 것 같으니 쉽게 설명하겠네. 그대는 지금부터 이 물건들을 찾아야 한다. 선대, 우리가 남긴 힘을 계승하기 위해서 말이지.”
“잠시만요. 하나는 여기서 보관하고 있는 것 아닙니까?”
카이가 안타까운 표정을 지으며 묻자, 패트릭이 낮은 웃음을 흘렸다.
“그렇게 안 봤는데, 그대는 욕심이 과하군. 이 물건들은 하나라도 어둠의 군세에 넘어가면 끔찍한 악몽을 불러일으킬 교단의 성물들. 당연히 확실하게 검증된 이들에게 맡겨놓은 상태다."

"확실하게 믿을 수 있는 이들이라면…… 혹시 태양교의 본단에 보관되어 있습니까?"

"안타깝지만, 그건 아니다."

패트릭이 슬픈 음성으로 대꾸했다.

"나도 같은 신을 모시는 형제들을 믿고 싶은 마음은 굴뚝같았다…… 하지만 갈대처럼 흔들리는 인간의 마음을 믿는 것은 너무 안일한 처사라고 판단했지."

"그럼 어디에?"

카이가 살짝 불안한 음성으로 되물었다.

수백 년이 흐른 지금, 그 물건들이 그 장소에 그대로 있다는 보장조차 없었으니까.

그런 카이의 불안한 얼굴을 보고, 패트릭이 카이를 안심시켰다.

"아, 물론 성물들은 안전하게 보관되고 있을 것이다. 그 부분은 걱정하지 않아도 좋아."

"10년이면 강산도 바뀌는 시간인데…… 벌써 수백 년이나 흘렀습니다만?"

"상관없다. 왜냐하면 수백 년이 지나도 변하지 않을 존재들에게 맡겨놓았기 때문이지."

"……?"

"성물들은 각각 숲의 감시자와 바다의 보호자. 그리고 땅의 수호자에게 맡겨놓았다."

"맙소사."

카이의 입에서 절망이 섞인 탄식이 흘러나왔다.

'빌어먹을 게임, 제대로 꼬였잖아.'

머리가 어지러워진 카이는 찌푸려진 미간을 꾹꾹 눌렀다.

순식간에 3주 정도는 늙어 보이는 얼굴!

그가 이렇게 스트레스를 받는 이유는 다름이 아니었다.

'다른 건 모르겠지만, 숲의 감시자라면 하나밖에 없잖아.'

바로 판타지에서 빠지지 않고 등장하는 단골 주역. 엘프가 바로 그 주인공임에 틀림없었다. 그리고 그 사실이 카이를 절망적으로 만들었다.

'엘프의 숲이 있는 곳 레벨 제한이…… 몇이더라?'

자신의 기억이 온전하다면, 엘프의 숲 근처에 나타나는 몬스터들은 레벨이 최소 200이다.

당연한 말이지만 게임이 오픈된 지 이제 겨우 5개월 차인 현 시점에서, 엘프의 숲은커녕 그 근처에 다가간 유저조차 없었다.

"후우. 뭐, 좋습니다. 엘프는 그렇다 치더라도…… 다른 두 종족은 대체 뭡니까?"

"머메이드와 드워프들이다. 세 종족 모두 기본적인 수명이

천 년은 가는 존재들이지."

"끄응."

엘프 하나만으로도 골치 아픈데, 드워프와 머메이드란다.

물론 몇몇 드워프 같은 경우는 제국의 공방에서 일하고 있다는 소문을 들어본 적이 있다.

'하지만 그런 이들이 성물을 가지고 있을 리가 없잖아.'

결국 그들의 왕국으로 가야 할 터인데 당연한 말이지만, 그 왕국이 어디 붙어 있는지는 아무도 모른다. 하지만 카이는 그에 대해서는 그리 걱정하지 않았다.

'뭐, 그건 패트릭이 가르쳐 주겠지.'

카이는 얌전히 입을 다문 채 이어질 패트릭의 설명을 기다렸다.

"……."

서로의 얼굴만 쳐다보던 두 사람 사이로 어색한 기류가 흘렀다.

결국 참다못한 카이가 먼저 입을 열었다.

"저…… 설명 더 안 해주십니까?"

"음? 설명은 이미 다 해줬다만…… 혹시 이해가 안 가는 부분이라도 있었나?"

"……!"

이해가 안 가는 부분은커녕, 이해할 부분조차 찾을 수 없었건만!

"아니, 그…… 물론 엘프야 엘프의 숲에 있겠죠. 그런데 머메이드와 드워프는 어디에 사는지 모르겠는데요?"

"머메이드는 해저왕국인 아쿠아베라에 살고 있고, 드워프는 지하도시인 잉가르트에 살고 있네. 다만 머메이드의 왕국은 24시간 이동을 하고 있기 때문에 특정한 장소를 찍어주는 것이 불가능하지."

"그럼 잉가르트는요?"

"드워프들은 조심성이 굉장이 많은 존재들일세. 그 때문인지 5백 년에 한 번씩 본인들의 왕국을 다른 곳에 새로 만든다고 알고 있네."

"그러니까 지금 드워프와 머메이드가 어디 있는지 모르고 계신다는 말이죠?"

"정확하네."

"진심?"

"진심이네."

"……."

할 말을 잃은 카이가 망연자실한 표정을 지었다.

그리고 속에서부터 서서히 뻗쳐오는 활화산 같은 분노!

심호흡으로 겨우 심신을 안정시킨 카이는 다시 질문했다.

"그래도 그들을 찾을 방법 정도는 있겠죠?"

"으음, 이종족들은 기본적으로 인간들을 배척하지만, 서로 간의 교류는 열심히 하고 있다고 들었네. 그러니 우선 엘프의 숲에 가서 물어보는 게 어떤가?"

부패한 공무원처럼 모르쇠로 일관하는 패트릭!

그의 이야기에 따르면, 한마디로 지금 당장 강해지기는 글렀다는 소리다.

'괜히 좋아했네.'

물론 아쉬움은 남았지만 납득이 안 되는 건 아니었다. 확실히 저런 아이템들을 초반부터 퍼주면 게임의 밸런스가 산으로 갈 것이 분명했으니까.

"알겠습니다. 아무튼 시간이 걸리더라도 세 개의 성물은 제가 꼭 모아볼게요."

"좋은 자세일세."

"그런데 저 세 개의 성물을 모두 모으면 어떻게 됩니까?"

"그건 자연스럽게 알게 될 걸세."

"그렇군요."

대화가 끝나자 카이는 패트릭을 가만히 응시했다.

"왜 그렇게 쳐다보는가?"

"아니, 그럼 이제 하실 말씀 다 끝나신 거 맞죠?"

"맞네."

"혹시 까먹고 뭐 안 주신 거 없나요?"

"없네."

"다시 한번 곰곰이 생각해 보세요."

"그럼 잠시만 시간을 주게."

잠시 턱을 어루만지며 뭔가를 골몰히 생각하던 패트릭이 활기차게 고개를 끄덕였다.

"음, 없군. 내가 줄 수 있는 것은 모두 전했네."

"알겠습니다. 그럼 이제 가볼게요."

"그대의 앞날에 밝은 빛이 함께하기를."

웅장한 목소리로 기도를 올린 패트릭의 몸이 서서히 흩어지기 시작했다.

아주 잠깐의 만남이었지만, 강렬한 인상을 남긴 패트릭. 카이는 그를 향해 짧게 고개를 숙였다.

"선배님도 성불하셔서 좋은 곳 가시기를 기도하겠습니다."

"고맙네."

광휘로 물들었던 방이 다시 원래대로 돌아왔고, 카이는 열린 상자 안쪽을 다시 확인했다.

"쩝, 진짜 개털이네."

질소 가득한 과자 봉지처럼 내용이 영 부실하다.

게다가 카이의 퀘스트는 여전히 완료되지 않은 상태. 그 이유는 아마 하녹스의 시련을 정상적으로 클리어하지 않았기 때문일 것이다. 앞선 방에 있던 기사들을 모두 스킵하고 들어왔으니까.

"기회가 되면…… 나중에 와서 기사들만 정리하면 되겠네."

고생만 실컷 하고 건진 건 없는 카이가 울적한 걸음걸이로 던전을 나섰다.

돌아온 글렌데일에서는 토벌대의 모집이 한창이었다.

토벌대에 관한 정보가 제법 입소문을 탔는지, 광장은 토벌대에 참가하려는 유저들로 붐볐다.

물론 카이는 광장에서 토벌대 가입 신청을 할 필요가 없었다.

"오오, 어서 오게나!"

아르센 남작의 저택으로 향하자, 그는 지난번과는 비교도 안 될 정도로 반갑게 카이를 맞이했다.

"허허허, 우리 글렌데일의 성자께서 직접 방문을 해주니 영광이로군."

"그, 그렇게 부르시면 부끄럽습니다만……."

"자네를 놀리고 있는 건데, 몰랐나?"

껄껄 웃는 아르센 남작은 카이를 귀빈으로 대접해 줬다. 그의 눈빛에서는 카이가 사랑스러워서 견딜 수가 없다는 감정이 연신 흘러나왔다.

왜 안 그렇겠는가, 카이는 자신이 다스리는 도시의 실종된 주민들을 되찾아 왔을 뿐만 아니라, 근처에 도사리던 위험한 보스 몬스터까지 처치해 준 사람이었다.

"마음 같아서는 딸이라도 소개시켜 주고 싶은 기분이야. 아쉽게도 딸이 없어서 문제네. 껄껄."

"저도 아쉽네요. 훤칠한 남작님을 닮으셨다면 따님도 분명 아름다우셨을 텐데!"

"크흐흠! 맞네. 사실 말이 나와서 말인데, 내가 젊어서부터 인기가 좀 많긴 했네."

외모, 능력, 그리고 가족 칭찬!

누구도 싫어하지 않는 세 가지 이야기로 적당히 분위기를 띄운 카이가 슬쩍 말을 꺼냈다.

"오면서 보니 도시가 아주 떠들썩하던데요."

"토벌대 모집을 하고 있으니 말일세. 자네 같은 모험가가 많이 지원해야 하는데 말이야."

"저 같은 사람은 찾기 힘드실 텐데요."

"뭐라고, 하하하. 이 친구, 농담도 할 줄 아는군!"

[아르센 남작의 호감도가 3 상승했습니다.]

카이가 진한 미소를 지었다.

NPC를 상대할 때는 재깍재깍 대답하는 것은 물론이요, 아부와 함께 가끔씩 이렇게 농담도 던져줘야 좋아하는 법!

'후후. 양로원 어르신들을 상대하는 기분이네.'

어려서부터 여러 봉사 활동에 참여했던 카이는 어르신들을 상대하는 화술은 물론, 점수를 따는 방법도 자연스럽게 배울 수 있었다.

"아, 그러고 보니 자네에게 줄 선물이 있었네."

"선물이라뇨?"

카이가 눈을 깜빡였다. 전혀 기대하지 않았기에 나오는 반응이었다. 하지만 아르센 남작은 오히려 당연하지 않냐는 표정을 지었다.

"자네, 남의 일에는 그렇게 관심이 많으면서 자신의 일은 몰라도 너무 모르는군. 자네는 이미 영지민들에게 성자로 추앙받는 판국일세. 그런 인물을 섭섭하게 대하면 내가 욕을 먹지."

푸근한 미소를 지어 보인 남작은 서랍에서 책 한 권을 꺼내 들었다.

"비록 나는 검에 크게 소질이 없지만, 우리 가문은 한때 훌륭한 기사들을 배출해 낸 가문일세. 가주의 권한으로 자네에게 검법의 일부를 전수하고 싶네. 꼭 받아주게나."

"그, 그런……."

자리에서 일어난 카이는 두 손을 공손하게 내밀어 책을 받아들었다. 책에서는 푸른색 빛이 은은하게 뿜어져 나왔다.

'스킬 북!'

하녹스의 시련에서 허탕을 친 뒤, 조금은 가라앉아 있던 기분이 순식간에 하늘로 떠올랐다.

카이는 침을 꿀꺽 삼킨 뒤 스킬 북의 정보를 확인했다.

[스킬 북-칼날 쇄도]

등급 : 레어

회전력을 담은 검을 고속으로 휘둘러 상대방의 급소를 공격합니다.

사용 제한 : 검술 스킬을 보유한 자, 스킬 북을 글렌데일 가의 가주에게 받은 자.

'그것도 레어 등급이다.'

경매장에서 고가로 거래되는 레어 등급 스킬 북!

물론 지금 카이가 가진 돈이면 레어 등급의 스킬 북 한두 개 정도는 구할 수 있다.

'하지만, 이건 글렌데일 가문만이 지닌 고유 스킬 북이야.'

그 말은 다른 곳에서 돈 주고도 못 구한다는 뜻, 게다가 공짜라는 점이 가장 마음에 들었다.

'역시 선행이 최고야!'

함박웃음을 짓던 카이는 스킬 북을 껴안은 채 넙죽 허리를 숙였다.

"감사합니다!"

"껄껄, 나야말로 늦었지만 인사를 하지. 내 영지민들을 구해 줘서 정말 고맙네."

아르센 남작의 두껍지만 따뜻한 손이 카이의 어깨를 두드렸다.

"내 용무는 여기까지일세. 아! 혹시 지금 시간이 괜찮다면, 자네가 구해줬던 영지민들을 찾아가 보지 않겠나? 자네를 보고 싶다고 노래를 부르는 소리가 내 귀에까지 들려올 정도야."

"그런가요? 그럼 지금 바로 찾아가 보겠습니다."

데바에게 받아야 할 보상도 보상이지만, 그들이 잘 지내고 있는지가 크게 궁금했다.

"토벌대는 앞으로 사흘 후 광장에서 집결하여 출발할 예정이네."

"늦지 않도록 유의하겠습니다."

저택을 빠져나온 카이는 아르센 남작에게 받은 주소지를 바탕으로 데바의 집을 찾아갔다.

주변과 비교해서 특출나게 크지도, 작지도 않은 아담한 가정집이었다. 저녁 시간이라 그런지, 로디 가족의 정겨운 목소리가 집 밖까지 흘러나왔다.

'엄마, 오늘 저녁은 뭐예요?'

'오늘은 고기감자 수프란다. 로디가 좋아하는 거지?'

'응, 난 엄마가 만들어준 음식이 제일 좋아!'

'나도 네 엄마 요리 솜씨 하나만 보고 결혼한 거다.'

'뭐라고욧?'

대화를 듣고 있던 카이가 잔잔한 미소를 띠었다. 듣는 이로 하여금 가슴을 따뜻하게 만들어주는 가족애가 느껴졌기 때문이다.

카이가 조심스럽게 문을 두드렸다.

똑똑똑.

'엄마! 누가 문 두드려요.'

'이 시간에 누굴까요?'

'있어 봐. 내가 나가볼 테니까.'

끼이익.

나무로 만들어진 문이 열리고, 로디의 부친인 레디가 고개를 쑥 내밀었다.

"누구…… 엇!"

웃는 낯의 카이를 목격하고는 눈이 화등잔만 하게 커진 레디는 곧장 문을 왈칵 열더니 카이를 자신의 넓은 가슴에 끌어안았다.

"은인께서 오셨군요!"

"네, 네……. 저기 그런데 포옹은 좀……."

카이는 수컷 냄새가 물씬 풍기는 레디의 가슴에서 빠져나오고자 몸을 비틀었지만, 레디의 힘이 워낙 좋은지라 빠져나올 수 없었다.

결국 레디는 자신이 만족할 때까지 카이를 실컷 이용(?)하더니, 그를 품에서 떼어냈다.

"여보, 누구예요?"

"아, 이럴 게 아니군요. 우선 안쪽으로 들어오시지요."

"저녁 시간일 텐데, 제가 방해한 건 아닌지……."

"어이구! 그런 말씀 하지 말아주십시오. 아직 식사 전이시라면 저희가 대접하겠습니다."

결국 등을 떠밀려 집으로 들어온 카이는, 머쓱한 표정으로 그의 가족들에게 인사를 건넸다.

"다들 몸은 괜찮으신가요?"

"어머, 성자님!"

"아저씨…… 아니, 사제님!"

로디가 도도도 달려와 카이의 허벅지에 찰싹 달라붙었다. 녀석의 머리를 몇 번 쓰다듬어준 그는 가족들에게 성대한 환영을 받으며 테이블에 앉았다.

"어서 드셔보십시오. 제 아내가 음식 솜씨가 정말 좋거든요."

"제 친구들도 전부 우리 엄마 음식이 최고라고 그랬어요!"

"호호, 성자님 앞에서 부끄럽게……."

"그럼 잘 먹겠습니다."

카이의 그릇에는 고기와 감자가 다른 이들보다 훨씬 많이 들어 있었다. 그 그릇만 쳐다봐도 그들이 자신을 어떻게 생각하는지 훤히 알 수 있을 정도였다. 스프를 먹기도 전에 가슴이 따뜻해짐을 느낀 카이가 숟가락을 움직였다. 먹음직스럽게 생긴 고기와 감자가 둥둥 떠 있는 스프가 곧장 입안으로 들어갔다.

"음!"

카이의 눈이 번쩍 뜨였다. 확실히 그들의 칭찬은 빈말이 아니었다.

'맛있다!'

숟가락을 움직임이 점점 빨라졌다.

카이가 스프를 맛있게 먹기 시작하자, 그 모습을 지켜보는 가족들의 눈에 뿌듯함이 깃들었다.

"자, 잘 먹었습니다."

순식간에 자신의 그릇을 모두 비운 카이가 머쓱한 표정으로 입을 열자, 타냐가 그릇을 가져가며 물었다.

"한 그릇 더 드릴까요? 스프는 많답니다."

"그럼…… 한 그릇만 더 부탁드립니다."

마약 김밥, 마약 떡볶이와는 비교도 안 되는 마약 스프!

결국 카이는 스프를 세 그릇이나 비우고 나서야 자리에서 일어날 수 있었다.

"잠시 이야기 좀 할 수 있겠는감."

얼굴에 주름이 자글자글한 데바의 말에, 카이가 고개를 힘차게 끄덕였다.

"물론이죠. 무슨 일이십니까?"

"그야 물론 약속한 보상 때문이네."

데바는 카이의 손아귀에 23실버를 꼬옥 쥐여준 뒤, 그의 손을 몇 번이고 흔들었다.

"정말 고마우이. 정말…… 정말 고마우이."

고개를 숙인 채 두 눈 가득 고인 눈물을 줄줄 흘리는 데바. 카이는 말없이 한쪽 무릎을 꿇어 몸을 낮추고 손수건으로 그녀의 눈물을 닦아냈다.

"할머니, 울지 마세요. 앞으로 행복할 일만 남았잖아요."

부드러운 미소를 지으며 데바를 달래는 모습은 그야말로 성자의 표본과도 같았다.

"아아아, 역시 성자님."

"크흑, 로디야. 너도 크면 꼭 저분처럼 훌륭한 사람이 되어야 한다."

"네, 아빠."

그 훈훈한 모습을 처음부터 지켜보던 로디의 가족들은 촉촉하게 젖은 눈가를 연신 비벼댔다.

잠시 후 마음을 추스른 데바가 로디에게 손짓했다.

"로디야, 할미가 가장 아끼는 책을 가져오련?"

"어? 그 책은 평소에 만지지도 못하게 하셨잖아요?"

귀여운 손자의 물음에 데바가 미소를 지었다.

"드디어 그 책을 선물해 줄 만한 사람을 찾은 것 같구나."

'책? 아, 그러고 보니…….'

그들의 대화를 듣던 카이가 한 가지 기억을 떠올렸다. 분명 데바의 퀘스트의 보상은 23실버와 데바의 오래된 동화책 한 권이었다.

"여기 있어요!"

로디가 가져온 책을 받아 든 데바는, 그 책을 가만히 보다가 카이에게 내밀었다.

"자네라면 이 책을 받기에 충분한 사람이라고 생각하네."

"아, 예. 감사히 받겠습니다."

먼지가 덮이고, 낡은 동화책 한 권.

비록 스킬 북은 아니었지만, 분명 데바가 아끼고 아끼던 책이었을 터. 그렇다면 주는 것을 거절하는 것 또한 예의가 아니었다.

카이는 크게 기쁜 표정을 지으며 동화책을 갈무리했다.

"안 그래도 심심할 때 읽을 책 한 권을 사려고 했는데, 덕분에 돈이 굳었네요. 하하."

"꼭 한번 읽어보게나. 꼭 일세."

"예, 꼭 읽어보겠습니다."

용무를 모두 마친 카이는 집을 나섰다. 로디의 가족은 문밖까지 나와 카이를 배웅했다.

"바람이 찹니다. 어서 들어가세요."

"성자님께서 떠나는 모습만 보고 들어가겠습니다."

"정말 감사합니다!"

"커서 꼭 사제님처럼 훌륭한 사람이 될게요!"

가슴 한편이 따뜻해지는 로디네의 인사와 함께 들어가지 않고 자신을 보고 있는 그들을 보다가 자신이 빨리 떠나야 그들이 집에 들어간다는 것을 깨달았다.

"그럼 진짜 가보겠습니다."

카이가 길모퉁이를 돌아 시야에서 완전히 사라질 때까지, 로디네 가족은 손을 흔들었다.

"선행이라……"

어느새 별이 반짝이는 맑은 밤하늘을 올려다보던 카이가 중얼거렸다.

'그렇지, 이게 선행이지.'

단순히 선행 스탯을 올리기 위해 누군가를 도와주는 게 아닌, 진심으로 누군가를 걱정하고, 도와주고 싶다는 생각 하나로 최선을 다하는 것이 바로 선행이었다.

'머리보다는 가슴으로 타인을 돕는 것.'

이성이 아닌 감성으로 행동하는 것. 선행이란 그런 것이었다.

"밤공기 한번 시원하다."

자신의 선행이 지켜낸 한 가정의 행복.

그 결과를 지켜본 카이는 가벼운 발걸음으로 밤거리를 걸었다.

"이 정도면 되겠지?"

전신 거울을 소환해낸 카이는 자신의 외견을 여러 각도에서 확인해 보았다. 그는 새롭게 구매한 노말 등급의 방어구를 장비하고 있었는데, 그 이유는 간단했다.

"거, 인기인이란 것도 힘들구만."

바로 참교육 동영상이 제법 유명해진 뒤, 그를 알아보는 사람들이 생겨났기 때문이다. 카이가 지독한 연예인 병에 걸려서 착각을 하는 것이 아니었다. 실제로 칠흑의 원한 세트를 입고 도시를 걸어 다니면 날파리들이 꼬였다.

"으으. 귀찮지만 당분간 이렇게 다녀야지, 뭐."

현재 카이는 누가 보더라도 전사처럼 보였다. 게다가 노말 등급의 장비인지라 겉보기에는 정말 볼품이 없었다.

강렬한 포스를 뿜어내는 칠흑의 놀 세트와는 1억 광년 정도 떨어진 모습. 다행히 카이는 지금의 모습이 상당히 마음에 들었다.

'이 모습을 보고 내가 그 영상 속 주인공이라고 생각할 사람은 없겠지.'

커뮤니티에서는 아직도 많은 사람이 영상 주인의 정체를 궁금해하고 있었다. 당연한 말이지만, 카이는 자신의 정체를 공개할 생각이 눈곱만큼도 없었다.

'오히려 지금이 딱 좋아. 언노운으로 활동하는 게 편해.'

언노운.

아무런 정보도 공개되지 않은 영상의 주인, 카이에게 붙은 별명이었다.

직업은 물론이고 성별이나 나이, 레벨 등 아무것도 밝혀지지 않은 미지의 존재!

"만약 그 영상 주인이 다른 사람이었다면, 지금쯤 엑스레이 사진까지 찍어서 인증했겠지."

돈과 명예, 그리고 인기까지 얻을 수 있는데 그걸 거절할 사람은 거의 없었다. 하지만 태양의 사제인 카이는 돈 몇 푼 보다 자신의 정보가 훨씬 더 소중했다.

당연히 모든 정보는 비공개. 그 때문에 오히려 신비주의 마케팅이라는 평가를 듣고 있었다.

"신비주의는 개뿔이 신비주의야."

덕분에 살 필요도 없던 방어구를 사게 된 카이는 고개를 흔들며 인상을 찌푸렸다.

'뭐, 지금은 이런 생각할 때가 아닌가.'

카이는 고개를 돌려 줄을 맞춰 서 있는 수많은 사람을 한눈에 담았다.

'글렌데일 토벌대.'

오크 주술사를 말살하기 위해 결성된 토벌대의 구성원은 열 명의 기사와 200명의 영지병, 그리고 300명의 플레이어로 이루어져 있었다.

"나 토벌대는 처음인데, 좀 긴장된다."

"어차피 오크 잡으러 간다던데 긴장은 무슨?"

"확실히 요즘 오크 놈들 수가 많아지긴 했지. 그래서 글렌데일 사냥터가 인기 많아졌잖아."

"토벌대 공헌 포인트로 유니크 템 살 수 있을까?"

한 식구라는 소속감으로 묶여 있는 기사와 영지병들과는 다르게, 플레이어들은 저마다의 이득을 위해 움직인다.

그리고 카이는 그 두 세력 사이에서 토벌대가 붕괴되지 않도록 조율해야 할 임무까지 지니고 있었다.

"별일 없었으면 좋겠는데."

왠지 모르게 귀찮은 일이 벌어질 것 같은 느낌이었다. 카이는 먹구름이 잔뜩 껴있는 하늘을 올려다봤다. 그러기를 잠시, 토벌대는 당당한 위용을 자랑하며 글렌데일의 성문을 나섰다.

To Be Continued